I0656036

INVENTAIRE
Y$^2$ 30,629

## LA SALLE D'ARMES.

# PAULINE,

PAR

## ALEXANDRE DUMAS.

1

PARIS.

DUMONT, LIBRAIRE-ÉDITEUR,

PALAIS-ROYAL, 88, AU SALON LITTÉRAIRE.

1838

## LA SALLE D'ARMES.

---

# PAULINE.

PARIS.—IMPRIMERIE DE Vᵉ DONDEY-DUPRÉ,
Rue Saint-Louis, nº 46, au Marais.

# LA SALLE D'ARMES.

—

# PAULINE,

PAR

## ALEXANDRE DUMAS.

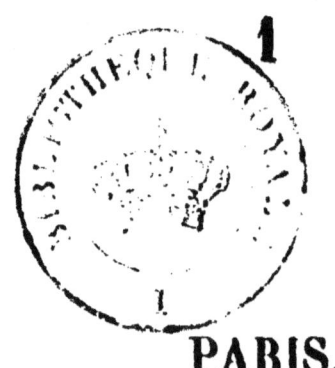

PARIS.

DUMONT, LIBRAIRE-ÉDITEUR,

PALAIS-ROYAL, 88, AU SALON LITTÉRAIRE.

1838

# CHAPITRE PREMIER.

# I

Vers la fin de l'année 1834, nous étions réunis un samedi soir dans un petit salon attenant à la salle d'armes de Grisier, écoutant, le fleuret à la main et le cigarre à la bouche, les savantes théories de notre professeur, interrompues de temps en temps par des anecdotes à l'appui, lorsque la porte s'ouvrit et qu'Alfred de Nerval entra.

Ceux qui ont lu mon Voyage en Suisse se rappelleront peut-être ce jeune homme qui servait de cavalier à une femme mystérieuse et voilée qui m'était apparue pour la première fois à Fluélen, lorsque je courais avec Francesco pour rejoindre la barque qui devait nous conduire à la pierre de Guillaume Tell : ils n'auront point oublié alors que, loin de m'attendre, Alfred de Nerval, que j'espérais avoir pour compagnon de voyage, avait hâté le départ des bateliers, et, quittant la rive au moment, où j'en étais encore éloigné de trois cents pas, m'avait fait de la main un signe, à la fois d'adieu et d'amitié, que je traduisis par ces mots : « Pardon, cher ami, j'aurais grand plaisir à te revoir, mais je ne suis pas seul, et... » A ceci j'avais répondu par un autre signe qui voulait dire : « Je comprends parfaitement. » Et je m'étais arrêté et incliné en marque d'obéissance à cette décision, si sévère qu'elle me parût ; de sorte que, faute de barque et de bateliers, ce ne fut que le lendemain que je pus partir; de retour à l'hôtel, j'avais alors demandé si l'on connaissait cette femme, et l'on m'avait répondu que tout ce qu'on savait d'elle, c'est qu'elle paraissait fort souffrante et qu'elle s'appelait *Pauline*.

J'avais oublié complètement cette rencontre, lorsqu'en allant visiter la source d'eau chaude qui alimente les bains de Pfeffers, je vis venir, peut-être se le rappellera-t-on encore, sous la longue galerie souterraine, Alfred de Nerval, donnant le bras à cette même femme que j'avais déjà entrevue à Fluélen, et qui là m'avait manifesté son désir de rester inconnue, de la manière que j'ai racontée. Cette fois encore, elle me parut désirer garder le même incognito, car son premier mouvement fut de retourner en arrière : malheureusement le chemin sur lequel nous marchions ne permettait de s'écarter ni à droite ni à gauche; c'était une espèce de pont composé de deux planches humides et glissantes,

qui, au lieu d'être jetées en travers d'un précipice, au fond duquel grondait la Tamina sur
un lit de marbre noir, longeaient une des parois
du souterrain, à quarante pieds à peu près au-
dessus du torrent, soutenues par des poutres
enfoncées dans le rocher. La mystérieuse compagne de mon ami pensa donc que toute fuite
était impossible; alors, prenant son parti,
elle baissa son voile et continua de s'avancer
vers moi. Je racontai alors la singulière impression que me fit cette femme blanche et
légère comme une ombre, marchant au bord
de l'abîme sans plus paraître s'en inquiéter que
si elle appartenait déjà à un autre monde. En
la voyant s'approcher, je me rangeai contre
la muraille afin d'occuper le moins de place
possible. Alfred voulut la faire passer seule;
mais elle refusa de quitter son bras, de sorte
que nous nous trouvâmes un instant à trois
sur une largeur de deux pieds tout au plus :
mais cet instant fut prompt comme un éclair;
cette femme étrange, pareille à une de ces

fées qui se penchent au bord des torrens et font flotter leur écharpe dans l'écume des cascades, s'inclina sur le précipice et passa comme par miracle, mais pas si rapidement encore que je ne pusse entrevoir son visage calme et doux, quoique pâle et amaigri par la souffrance. Alors il me sembla que ce n'était point la première fois que je voyais cette figure; il s'éveilla dans mon esprit un souvenir vague d'une autre époque, une réminiscence de salons, de bals, de fêtes; il me semblait que j'avais connu cette femme au visage si défait et si triste aujourd'hui, joyeuse, rougissante et couronnée de fleurs, emportée au milieu des parfums et de la musique dans quelque valse langoureuse ou quelque galop bondissant : où cela? je n'en savais plus rien ; à quelle époque? il m'était impossible de le dire : c'était une vision, un rêve, un écho de ma mémoire, qui n'avait rien de précis et de réel et qui m'échappait comme si j'eusse voulu saisir une vapeur. Je revins en me promettant de la

revoir, dussé-je être indiscret pour parvenir à
ce but ; mais, à mon retour, quoique je n'eusse
été absent qu'une demi-heure, ni Alfred
ni elle n'étaient déjà plus aux bains de Pfeffers.

Deux mois s'étaient écoulés depuis cette seconde rencontre ; je me trouvais à Baveno, près
du lac Majeur : c'était par une belle soirée d'automne ; le soleil venait de disparaître derrière
la chaîne des Alpes, et l'ombre montait à
l'orient, qui commençait à se parsemer d'é-
toiles. La fenêtre de ma chambre donnait de
plain-pied sur une terrasse toute couverte de
fleurs ; j'y descendis, et je me trouvai au milieu d'une forêt de lauriers roses, de myrtes
et d'orangers. C'est une si douce chose que
les fleurs, que ce n'est point assez encore d'en
être entouré, on veut en jouir de plus près,
et, quelque part qu'on en trouve, fleurs des
champs, fleurs de jardins, l'instinct de l'enfant, de la femme et de l'homme est de les
arracher à leur tige et d'en faire un bouquet

dont le parfum les suive et dont l'éclat soit à
eux. Aussi ne résistai-je pas à la tentation; je
brisai quelques branches embaumées et j'allai
m'appuyer sur la balustrade de granit rose qui
domine le lac, dont elle n'est séparée que par
la grande route qui va de Genève à Milan. J'y
fus à peine, que la lune se leva du côté de
Sesto, et que ses rayons commencèrent à
glisser aux flancs des montagnes qui bornaient
l'horizon et sur l'eau qui dormait à mes pieds,
resplendissante et tranquille comme un immense miroir : tout était calme; aucun bruit
ne venait de la terre, du lac ni du ciel, et la
nuit commençait sa course dans une majes-
tueuse et mélancolique sérénité. Bientôt,
d'un massif d'arbres qui s'élevait à ma gauche
et dont les racines baignaient dans l'eau, le
chant d'un rossignol s'élança harmonieux et
tendre; c'était le seul son qui veillât; il se
soutint un instant, brillant et cadencé, puis
tout-à-coup il s'arrêta à la fin d'une roulade.
Alors, comme si ce bruit en eût éveillé un

autre d'une nature bien différente, le roule-
ment lointain d'une voiture se fit entendre
venant de Doma d'Ossola, puis le chant du
rossignol reprit, et je n'écoutai plus que l'oiseau de Juliette. Lorsqu'il cessa, j'entendis
de nouveau la voiture plus rapprochée ; elle
venait rapidement ; cependant si rapide que fût
sa course, mon mélodieux voisin eut encore le
temps de reprendre sa nocturne prière. Mais
cette fois, à peine eut-il lancé sa dernière
note, qu'au tournant de la route j'aperçus
une chaise de poste qui roulait, emportée par
le galop de deux chevaux, sur le chemin qui
passait devant l'auberge. A deux cents pas de
nous, le postillon fit claquer bruyamment
son fouet, afin d'avertir son confrère de
son arrivée. En effet, presque aussitôt la
grosse porte de l'auberge grinça sur ses gonds,
et un nouvel attelage en sortit ; au même
instant la voiture s'arrêta au-dessous de la
terrasse à la balustrade de laquelle j'étais
accoudé.

La nuit, comme je l'ai dit, était si pure,
si transparente et si parfumée, que les voyageurs, pour jouir des douces émanations de
l'air, avaient abaissé la capote de la calèche.
Ils étaient d'eux, un jeune homme et une jeune
femme : la jeune femme, enveloppée dans
un grand châle ou dans un manteau, et la tête
renversée en arrière sur le bras du jeune
homme qui la soutenait. En ce moment le
postillon sortit avec une lumière pour allumer les lanternes de la voiture, un rayon de
clarté passa sur la figure des voyageurs, et
je reconnus Alfred de Nerval et Pauline.

Toujours lui et toujours elle! il semblait
qu'une puissance plus intelligente que le hasard nous poussait à la rencontre les uns des
autres. Toujours elle, mais si changée encore depuis Pfeffers, si pâle, si mourante,
que ce n'était plus qu'une ombre; et cependant ces traits flétris rappelèrent encore à
mon esprit cette vague image de femme qui

dormait au fond de ma mémoire, et qui, à
chacune de ces apparitions, montait à sa surface, et glissait sur ma pensée comme sur le
brouillard une rêverie d'Ossian. J'étais tout
près d'appeler Alfred ; mais je me rappelai
combien sa compagne désirait ne pas être vue.
Et pourtant un sentiment de si mélancolique
pitié m'entraînait vers elle que je voulus
qu'elle sût du moins que quelqu'un priait pour
que son ame tremblante et prête à s'envoler
n'abandonnât pas sitôt avant l'heure le corps
gracieux qu'elle animait. Je pris une carte de
visite dans ma poche ; j'écrivis au dos avec
mon crayon : « Dieu garde les voyageurs, con-
sole les affligés et guérisse les souffrans. » Je
mis la carte au milieu des branches d'orangers, de myrtes et de roses que j'avais cueil-
lies, et je laissai tomber le bouquet dans la
voiture. Au même instant le postillon repartit, mais pas si rapidement que je n'aie eu le
temps de voir Alfred se pencher en dehors de
la voiture afin d'approcher ma carte de la lu-

mière. Alors il se retourna de mon côté, me
fit un signe de la main, et la calèche disparut
à l'angle de la route.

Le bruit de la voiture s'éloigna, mais sans
être interrompu cette fois par le chant du
rossignol. J'eus beau me tourner du côté du
buisson et rester une heure encore sur la terrasse, j'attendis vainement. Alors une pensée
profondément triste me prit : je me figurai que
cet oiseau qui avait chanté, c'était l'ame de la
jeune fille qui avait dit son cantique d'adieu
à la terre, et que, puisqu'il ne chantait plus,
c'est qu'elle était déjà remontée au ciel.

La situation ravissante de l'auberge, placée
entre les Alpes qui finissent et l'Italie qui
commence, ce spectacle calme et en même
temps animé du lac Majeur, avec ses trois
îles, dont l'une est un jardin, l'autre un village et la troisième un palais, ces premières
neiges de l'hiver qui couvraient les mon-

tagnes, et ces dernières chaleurs de l'automne
qui venaient de la Méditerranée, tout cela
me retint huit jours à Baveno; puis je partis
pour Arona, et d'Arona pour Sesto Calende.

Là m'attendait un dernier souvenir de Pauline; là, l'étoile que j'avais vue filer à travers
le ciel s'était éteinte; là, ce pied si léger au
bord du précipice avait heurté la tombe; et
jeunesse usée, beauté flétrie, cœur brisé,
tout s'était englouti sous une pierre, voile
du sépulcre, qui, fermé aussi mystérieuse-
ment sur ce cadavre que le voile de la vie
avait été tiré sur le visage, n'avait laissé pour
tout renseignement à la curiosité du monde
que le prénom de *Pauline*.

J'allai voir cette tombe : au contraire des
tombes italiennes, qui sont dans les églises,
celle-ci s'élevait dans un charmant jardin, au
haut d'une colline boisée, sur le versant qui
regardait et dominait le lac. C'était le soir;

la pierre commençait à blanchir aux rayons de
la lune : je m'assis près d'elle, forçant ma pensée à ressaisir tout ce qu'elle avait de souvenirs
épars et flottans de cette jeune femme ; mais
cette fois encore ma mémoire fut rebelle ; je
ne pus réunir que des vapeurs sans forme, et
non une statue aux contours arrêtés, et je
renonçai à pénétrer ce mystère jusqu'au jour
où je retrouverais Alfred de Nerval.

On comprendra facilement maintenant
combien son apparition inattendue, au moment où je songeais le moins à lui, vint frapper
tout à la fois mon esprit, mon cœur et mon
imagination d'idées nouvelles ; en un instant
je revis tout : cette barque qui m'échappait
sur le lac ; ce pont souterrain, pareil à un ves-
tibule de l'enfer, où les voyageurs semblent
des ombres ; cette petite auberge de Baveno,
au pied de laquelle était passée la voiture
mortuaire ; puis enfin cette pierre blanchis-
sante où, aux rayons de la lune glissant entre

les branches des orangers et des lauriers-roses,
on peut lire, pour toute épitaphe, le prénom
de cette femme morte si jeune et problable-
ment si malheureuse.

Aussi m'élançais-je vers Alfred comme un
homme enfermé depuis long-temps dans un
souterrain s'élance à la lumière qui entre par
une porte que l'on ouvre; il sourit tristement
en me tendant la main, comme pour me dire
qu'il me comprenait; et ce fut alors moi qui
fis un mouvement en arrière et qui me repliai en quelque sorte sur moi-même, afin
qu'Alfred, vieil ami de quinze ans, ne prît pas
pour un simple mouvement de curiosité, le
sentiment qui m'avait poussé au-devant de
lui.

Il entra. C'était un des bons élèves de Grisier, et cependant depuis près de trois ans il
n'avait point paru à la salle d'armes. La dernière fois qu'il y était venu, il avait un duel

pour le lendemain, et, ne sachant encore à quelle arme il se battrait, il venait, à tout hasard, *se refaire la main* avec le maître. Depuis ce temps Grisier ne l'avait pas revu; il avait entendu dire seulement qu'il avait quitté la France et habitait Londres.

Grisier, qui tient à la réputation de ses élèves autant qu'à la sienne, n'eut pas plus tôt échangé avec lui les complimens d'usage, qu'il lui mit un fleuret dans la main, lui choisit parmi nous un adversaire de sa force; c'était, je m'en souviens, ce pauvre Labattut, qui partait pour l'Italie, et qui lui aussi allait trouver à Pise une tombe ignorée et solitaire.

A la troisième passe, le fleuret de Labattut rencontra la poignée de l'arme de son adversaire, et, se brisant à deux pouces au-dessous du bouton, alla, en passant à travers la garde, déchirer la manche de sa chemise, qui se teignit de sang. Labattut jeta aussitôt son fleuret;

il croyait, comme nous, Alfred sérieusement
blessé.

Heureusement ce n'était rien qu'une égra-
tigure; mais, en relevant la manche de sa
chemise, Alfred nous découvrit une autre cicatrice qui avait dû être plus sérieuse; une
balle de pistolet lui avait traversé les chairs
de l'épaule.

— Tiens! lui dit Grisier avec étonnement,
je ne vous savais pas cette blessure?

C'est que Grisier nous connaissait tous,
comme une nourrice son enfant; pas un de
ses élèves n'avait une piqûre sur le corps dont
il ne sût la date et la cause. Il écrirait une
histoire amoureuse bien amusante et bien
scandaleuse, j'en suis sûr, s'il voulait raconter
celle des coups d'épée dont il sait les antécédens; mais cela ferait trop de bruit dans les
alcôves, et, par contre-coup, trop de tort à son

établissement ; il en fera des mémoires post-
humes.

— C'est, lui répondit Alfred, que je l'ai
reçue le lendemain du jour où je suis venu
faire assaut avec vous, etque le jour où je l'ai
reçue je suis parti pour l'Angleterre.

— Je vous avais bien dit de ne pas vous
battre au pistolet. Thèse générale : l'épée est
l'arme du brave et du gentilhomme ; l'épée est
la relique la plus précieuse, que l'histoire
conserve des grands hommes qui ont illustré
la patrie : on dit l'épée de Charlemagne, l'épée
de Bayard, l'épée de Napoléon, qui est-ce qui
a jamais parlé de leur pistolet ? Le pistolet
est l'arme du brigand ; c'est le pistolet sous la
gorge qu'on fait signer de fausses lettres de
change ; c'est le pistolet à la main qu'on ar-
rête une diligence au coin d'un bois ; c'est avec
un pistolet que le banqueroutier se brûle la
cervelle... Le pistolet !... fi donc !... L'épée, à
la bonne heure ! c'est la compagne, c'est la

confidente, c'est l'amie de l'homme; elle garde son honneur ou elle le venge.

— Eh bien! mais, avec cette conviction, répondit en souriant Alfred, comment vous êtes-vous battu il y a deux ans au pistolet?

— Moi, c'est autre chose : je dois me battre à tout ce qu'on veut; je suis maitre d'armes; et puis il y a des circonstances où l'on ne peut pas refuser les conditions qu'on vous impose...

— Eh bien! je me suis trouvé dans une de ces circonstances, mon cher Grisier; et vous voyez que je ne m'en suis pas mal tiré...

— Oui, avec une balle dans l'épaule.

— Cela valait toujours mieux qu'une balle dans le cœur.

— Et peut-on savoir la cause de ce duel?

— Pardonnez-moi, mon cher Grisier, mais toute cette histoire est encore un secret; plus tard vous la connaitrez.

— Pauline?... lui dis-je tout bas.

— Oui, me répondit-il.

— Nous la connaîtrons, bien sûr? dit Grisier?...

— Bien sûr, reprit Alfred; et la preuve, c'est que j'emmène souper Alexandre, et que je la lui raconterai ce soir; de sorte qu'un beau jour, lorsqu'il n'y aura plus d'inconvénient à ce qu'elle paraisse, vous la trouverez dans quelque volume intitulé *Contes bruns* ou *Contes bleus*. Prenez donc patience jusque là.

Force fut donc à Grisier de se résigner. Alfred m'emmena souper comme il me l'avait offert, et me raconta l'histoire de *Pauline*.

Aujourd'hui le seul inconvénient qui existât à sa publication a disparu. La mère de Pauline est morte, et avec elle s'est éteinte la famille et le nom de cette malheureuse enfant, dont les aventures semblent empruntées à une époque ou à une localité bien étrangères à celles où nous vivons.

# CHAPITRE II.

## II

-— Tu sais, me dit Alfred, que j'étudiais la
peinture lorsque mon brave homme d'oncle
mourut et nous laissa à ma sœur et à moi chacun trente mille livres de rente.

Je m'inclinai en signe d'adhésion à ce que
me disait Alfred, et de respect pour l'ombre

de celui qui avait fait une si belle action en
prenant congé de ce monde.

— Dès lors, continua le narrateur, je ne
me livrai plus à la peinture que comme à un
délassement : je résolus de voyager, de voir
l'Écosse, les Alpes, l'Italie : je pris avec mon
notaire des arrangemens d'argent, et je partis
pour le Havre, désirant commencer mes courses par l'Angleterre.

Au Havre j'appris que Dauzats et Jadin étaient
de l'autre côté de la Seine, dans un petit village nommé Trouville : je ne voulus pas quitter la France sans serrer la main à deux camarades d'atelier. Je pris le paquebot ; deux
heures après j'étais à Honfleur et le lendemain matin à Trouville : malheureusement
ils étaient partis depuis la veille.

Tu connais ce petit port avec sa population
de pêcheurs ; c'est un des plus pittoresques

de la Normandie. J'y restai quelques jours, que j'employai à visiter les environs; puis, le soir, assis au coin du feu de ma respectable hôtesse, madame Oseraie, j'écoutais le récit d'aventures assez étranges, dont, depuis trois mois, les départemens du Calvados, du Loiret et de la Manche étaient le théâtre. Il s'agissait de vols commis avec une adresse ou une audace merveilleuse : des voyageurs avaient disparu entre le village du Buisson et celui de Sallenelles. On avait retrouvé le postillon les yeux bandés et attaché à un arbre, la chaise de poste sur la grande route et les chevaux paissant tranquillement dans la prairie voisine. Un soir que le receveur général de Caen donnait à souper à un jeune homme de Paris nommé Horace de Beuzeval et à deux de ses amis qui étaient venus passer avec lui la saison des chasses dans le château de Burcy, distant de Trouville d'une quinzaine de lieues, on avait forcé sa caisse et enlevé une somme de 70,000 francs. Enfin le percepteur de Pont-

l'Évêque, qui allait faire un versement de
12,000 francs à Lisieux, avait été assassiné, et
son corps, jeté dans la Touques et repoussé
par ce petit fleuve sur son rivage, avait seul
révélé le meurtre, dont les auteurs étaient
restés parfaitement inconnus, malgré l'activité de la police parisienne, qui, ayant commencé à s'inquiéter de ces brigandages, avait
envoyé dans ces départemens quelques-uns
de ses plus habiles suppôts.

Ces événemens, qu'éclairait de temps en
temps un de ces incendies dont on ignorait
la cause, et qu'à cette époque les journaux de
l'opposition attribuaient au gouvernement, je-
taient par toute la Normandie une terreur inconnue jusqu'alors dans ce bon pays, très-re-
nommé pour ses avocats et ses plaideurs, mais
nullement pittoresque à l'endroit des brigands
et des assassins. Quant à moi, j'avoue que je
n'ajoutais pas grande foi à toutes ces histoires,
qui me paraissaient appartenir plutôt aux gor-

ges désertes de la Sierra ou aux montagnes in-
cultes de la Calabre qu'aux riches plaines de
Fala'se et aux fertiles vallées de Pont-Aude-
mer, parsemées de villages, de châteaux et de
métairies. Les voleurs m'étaient toujours ap-
parus au milieu d'une forêt ou au fond d'une
caverne. Or, dans tous les trois départemens,
il n'y a pas un terrier qui mérite le nom de
caverne et pas une garenne qui ait la présomp-
tion de se présenter comme une forêt.

Cependant force me fut bientôt de croire à
la réalité de ces récits : un riche Anglais, venant du Havre et se rendant à Alençon, fut
arrêté avec sa femme à une demi-lieue de Dives, où il venait de relayer : le postillon, bâillonné et garrotté, avait été jeté dans la voiture
à la place de ceux qu'il conduisait, et les chevaux, qui savaient leur route, étaient arrivés
au train ordinaire à Ranville, et s'étaient arrêtés à la poste, où ils étaient restés tranquillement jusqu'au jour, attendant qu'on les dé-

telât : au jour, un garçon d'écurie, en ouvrant
la grand'porte , avait trouvé la calèche
encore attelée et ayant pour tout maître le pauvre postillon bâillonné. Conduit aussitôt chez
le maire, cet homme déclara avoir été arrêté
sur la grande route par quatre hommes mas-
qués qui, par leur mise, semblaient appartenir à la dernière classe de la société, lesquels
l'avaient forcé de s'arrêter et avaient fait descendre les voyageurs ; alors l'Anglais ayant essayé de se défendre, un coup de pistolet avait
été tiré : presque aussitôt il avait entendu des
gémissemens et des cris ; mais il n'avait rien
vu, ayant la face contre terre : d'ailleurs, un
instant après, il avait été bâillonné et jeté dans
la voiture, qui l'avait amené à la poste aussi
directement que s'il eût conduit ses chevaux,
au lieu d'être conduit par eux. La gendarmerie se porta aussitôt vers l'endroit désigné
comme le lieu de la catastrophe : en effet on
retrouva le corps de l'Anglais dans un fossé : il
était percé de deux coups de poignard. Quant

à sa femme, on n'en découvrit aucune trace.
Ce nouvel événement s'était passé à dix ou
douze lieues à peine de Trouville ; le corps de
la victime avait été transporté à Caen : il n'y
avait donc plus moyen de douter, eussé-je
même été aussi incrédule que saint Thomas ,
car je pouvais, en moins de cinq ou six heures,
aller mettre comme lui le doigt dans les bles-
sures.

Trois ou quatre jours après cet événement
et la veille de mon départ, je résolus de faire
une dernière visite aux côtes que j'allais quitter : je fis appareiller le bateau que j'avais
loué pour un mois, comme à Paris on loue un
remise ; puis voyant le ciel pur et la journée
à peu près certaine, je fis porter à bord mon
diner, mon bristol et mes crayons, et je mis à
la voile, composant à moi seul tout mon équi-
page.

— En effet, interrompis-je, je connais tes

prétentions comme marin, et je me rappelle que
tu as fait ton apprentissage entre le pont des
Tuileries et le pont de la Concorde, dans une
embarcation au pavillon d'Amérique.

— Oui, continua Alfred en souriant; mais
cette fois ma prétention faillit m'être fatale :
d'abord tout alla bien ; j'avais une petite barque de pêcheur à une seule voile, que je pouvais manœuvrer du gouvernail ; le vent venait
du Havre et me faisait glisser sur la mer à
peine agitée avec une rapidité vraiment merveilleuse. Je fis ainsi à peu près huit ou dix
lieues dans l'espace de trois heures ; puis
tout-à-coup le vent tomba, et l'océan devint
calme comme un miroir. J'étais justement
en face de l'embouchure de l'Orne : j'avais à
ma droite le raz de Langrune et les rochers de
Lyon, et à ma gauche les ruines d'une espèce
d'abbaye attenante au château de Burcy; c'é-
tait un paysage tout composé ; je n'avais qu'à
copier pour faire un tableau. J'abattis ma voile
et je me mis à l'ouvrage.

J'étais tellement occupé de mon dessin que
je ne saurais dire depuis combien de temps je
travaillais lorsque je sentis passer sur mon visage une de ces brises chaudes qui annoncent
l'approche d'un orage : en même temps la mer
changea de couleur, et de verte qu'elle était
devint gris de cendre. Je me retournai vers le
large : un éclair sillonnait le ciel couvert de
nuages si noirs et si pressés, qu'il sembla fen-
dre une chaîne de montagnes ; je jugeai qu'il
n'y avait pas un instant à perdre : le vent,
comme je l'avais espéré en venant le matin, avait
tourné avec le soleil ; je hissai ma petite voile et
je mis le cap sur Trouville en serrant la côte afin
de m'y faire échouer en cas de danger. Mais je
n'avais pas fait un quart de lieue que je vis
ma voile fasier contre le mât ; j'abattis aussitôt
l'un et l'autre, car je me défiais de ce calme
apparent. En effet, au bout d'un instant, plusieurs courans se croisèrent, la mer commença
à clapoter, un coup de tonnerre se fit entendre ; c'était un avertissement à ne pas mépri-

ser; en effet, la bourrasque s'approchait avec
la rapidité d'un cheval de course. Je mis bas
mon habit, je pris un aviron de chaque main
et je commençai à ramer vers le rivage.

J'avais à peu près deux lieues à faire avant
de l'atteindre ; heureusement c'était l'heure
du flux, et, quoique le vent fût contraire, ou
plutôt qu'il n'y eût réellement point de vent,
mais seulement des rafales qui se croisaient
en tous sens, la vague me poussait vers la
terre. De mon côté, je faisais merveille en ra-
mant de toutes mes forces; cependant la tempête allait encore plus vite que moi, de sorte
qu'elle me rejoignit. Pour comble de disgrâce,
la nuit commençait à tomber; cependant j'espérais encore toucher le rivage avant que
l'obscurité ne fût complète.

Je passai une heure terrible : mon bateau,
soulevé comme une coquille de noix, suivait
toutes les ondulations des vagues, remontant et

retombant avec elles. Je ramais toujours; mais,
voyant bientôt que je m'épuisais inutilement,
et prévoyant le cas où je serais obligé de me
sauver à la nage, je tirai mes deux avirons
de leurs crochets, je les jetai au fond de la
barque, auprès de la voile et du mât, et, ne
gardant que mon pantalon et ma chemise, je
me débarrassai de tout ce qui pouvait gêner
mes mouvemens. Deux ou trois fois je fus sur
le point de me jeter à la mer; mais la légèreté
de la barque même me sauva; elle flottait
comme un liége, et n'embarquait pas une
goutte d'eau; seulement il y avait à craindre
que d'un moment à l'autre elle ne chavirât;
une fois je crus sentir qu'elle touchait; mais
la sensation fut si rapide et si légère, que je
n'osai l'espérer. L'obscurité était d'ailleurs
tellement profonde, que je ne pouvais distinguer à vingt pas devant moi; de sorte que j'i-
gnorais à quelle distance j'étais encore du rivage. Tout-à-coup j'éprouvai une violente secousse : il n'y avait plus de doute cette fois,

j'avais touché; mais était-ce contre un rocher? était-ce contre le sable? Une vague
m'avait remis à flot, et pendant quelques
minutes je me trouvai emporté avec une
nouvelle violence. Enfin la barque fut poussée
en avant avec tant de force, que, lorsque la
mer se retira, la quille se trouva engravée.
Je ne perdis pas un instant, je pris mon palletot et sautai par-dessus bord, abandonnant
tout le reste; j'avais de l'eau seulement jusqu'aux genoux, et, avant que la vague, que je
voyais revenir comme une montagne, ne m'eût
rejoint, j'étais sur la grève.

Tu comprends que je ne perdis pas de temps:
je mis mon palletot sur mes épaules, et je
m'avançai rapidement vers la côte. Bientôt
je sentis que je glissais sur ces cailloux ronds,
qu'on appelle du galet, et qui indiquent les
limites du flux; je continuai de monter quelque temps encore; le terrain avait de nouveau
changé de nature; je marchais dans ces

grandes herbes qui poussent sur les dunes : je n'avais plus rien à craindre, je m'arrêtai.

C'est une magnifique chose que la mer vue la nuit à la lueur de la foudre et pendant une tempête : c'est l'image du chaos et de la destruction ; c'est le seul élément à qui Dieu ait donné le pouvoir de se révolter contre lui en croisant ses vagues avec ses éclairs. L'océan semblait une immense chaîne de montagnes mouvantes, aux sommets confondus avec les nuages, et aux vallées profondes comme des abîmes ; à chaque éclat de tonnerre, une lueur blafarde serpentait de ces cimes à ces profondeurs, et allait s'éteindre dans des gouffres aussitôt fermés qu'ouverts, aussitôt ouverts que fermés. Je contemplais avec une terreur pleine de curiosité ce spectacle prodigieux, que Vernet voulut voir et regarda inutilement du mât du vaisseau où il s'était fait attacher ; car jamais pinceau humain n'en pourra rendre l'épouvantable grandiose et la

terrible majesté. Je serais resté toute la nuit
peut-être, immobile, écoutant et regardant,
si je n'avais senti tout-à-coup de larges gouttes
de pluie fouetter mon visage. Quoique nous ne
fussions encore qu'au milieu de septembre, les
nuits étaient déjà froides; je cherchais dans
mon esprit où je pourrais trouver un abri
contre cette pluie : je me souvins alors des
ruines que j'avais aperçues de la mer, et qui
ne devaient pas être éloignées du point de la
côte où je me trouvais. En conséquence, je continuai de monter par une pente rapide; bientôt je me trouvai sur une espèce de plateau;
j'avançai toujours, car j'apercevais devant moi
une masse noire que je ne pouvais distinguer,
mais qui, qu'elle quelle fût, devait m'offrir un
couvert. Enfin un éclair brilla, je reconnus
le porche dégradé d'une chapelle; j'entrai, et
je me trouvai dans un cloître; je cherchai
l'endroit le moins écroulé, et je m'assis dans
un angle à l'ombre d'un pilier, décidé à attendre là le jour; car, ne connaissant pas la

côte, je ne pouvais me hasarder par le temps qu'il faisait à me mettre en quête d'une habitation. D'ailleurs j'avais, dans mes chasses de la Vendée et des Alpes, dans une chaumière bretonne ou dans un chalet suisse, passé vingt nuits plus mauvaises encore que celle qui m'attendait; la seule chose qui m'inquiétât était un certain tiraillement d'estomac qui me rappelait que je n'avais rien pris depuis dix heures du matin, quand tout-à-coup je me rappelai que j'avais dit à madame Oseraie de songer aux poches de mon palletot : j'y portai vivement la main ; ma brave hôtesse avait suivi ma recommandation : je trouvai dans l'une un petit pain et dans l'autre une gourde pleine de rhum. C'était un souper parfaitement adapté à la circonstance ; aussi, à peine l'eus-je achevé que je sentis une douce chaleur renaître dans mes membres, qui commençaient à s'engourdir ; mes idées, qui avaient pris une teinte sombre dans l'attente d'une veille affamée, se ranimèrent dès que le besoin fut

éteint ; je sentis le sommeil qui allait venir,
conduit par la lassitude : je m'enveloppai dans
mon palletot ; je m'établis contre mon pilier,
et bientôt je m'assoupis, bercé par le bruit de
la mer qui venait se briser contre le rivage
et le sifflement du vent qui s'engouffrait dans
les ruines.

Je dormais depuis deux heures à peu près,
lorsque je fus réveillé par le bruit d'une porte
qui se refermait en grinçant sur ses gonds et
en battant la muraille. J'ouvris d'abord les
yeux tout grands, comme il arrive lorsqu'on
est tiré d'un sommeil inquiet ; puis je me levai
aussitôt, en prenant la précaution instinctive
de me cacher derrière mon pilier... Mais j'eus
beau regarder autour de moi, je ne vis rien,
je n'entendis rien ; cependant je n'en restai
pas moins sur mes gardes, convaincu que le
bruit qui m'avait réveillé s'était bien réellement fait entendre et que l'illusion d'un rêve
ne m'avait pas trompé.

# CHAPITRE III.

# III

L'orage était apaisé, et, quoique le ciel fût
toujours chargé de nuages noirs, de temps
en temps, dans leur intervalle, la lune
parvenait à glisser un de ses rayons. Pendant un de ces momens de clarté rapide
que l'obscurité venait bientôt éteindre, je dé-
tournai mes regards de cette porte que je

croyais avoir entendue crier, pour les étendre
autour de moi. J'étais, comme j'avais cru le
distinguer malgré les ténèbres, au milieu
d'une vieille abbaye en ruines : autant qu'on
en pouvait juger par les restes encore debout,
je me trouvais dans la chapelle : à ma droite
et à ma gauche s'étendaient les deux corridors du cloître, soutenus par des arcades
basses et cintrées, tandis qu'en face quelques
pierres brisées et posées à plat au milieu de
grandes herbes indiquaient le petit cimetière où les anciens habitans de ce cloître
venaient se reposer de la vie au pied de la
croix de pierre, mutilée et veuve de son
Christ, mais encore debout.

Tu le sais, continua Alfred, et tous les
hommes véritablement braves l'avoueront, les
influences physiques ont un immense pouvoir
sur les impressions de l'ame. Je venais d'é-
chapper, la veille, à un orage terrible ; j'étais
arrivé à moitié glacé au milieu de ruines in-

connues; je m'étais endormi d'un sommeil de
fatigue, troublé bientôt par un bruit extraordinaire dans cette solitude; enfin, à mon
réveil, je me trouvais sur le théâtre même de
ces vols et de ces assassinats qui, depuis deux
mois, désolaient la Normandie; je m'y trouvais seul, sans armes, et, comme je te le dis,
dans une de ces dispositions d'esprit où les
antécédens physiques empêchent le moral en-
gourdi de reprendre toute son énergie. Tu
ne trouveras donc rien d'étonnant à ce que
tous ces récits du coin du feu me revinssent
en mémoire et à ce que je restasse immobile
et debout contre mon pilier, au lieu de me
recoucher et d'essayer de me rendormir. Au
reste, ma conviction était si grande qu'un bruit
humain m'avait réveillé, que, tout en interrogeant les ténèbres des corridors et l'espace plus
éclairé du cimetière, mes yeux revenaient
constamment se fixer sur cette porte enfoncée
dans la muraille, où j'étais certain que quelqu'un était entré: vingt fois j'eus le désir

d'aller écouter à cette porte si je n'entendrais
pas quelque bruit qui pût éclaircir mes
doutes; mais il fallait, pour arriver jusqu'à
elle, franchir un espace que les rayons de la
lune éclairaient en plein. Or d'autres hommes
pouvaient comme moi être cachés dans ce
cloître, et n'échapper à mes regards que
comme j'échappais aux leurs, c'est-à-dire en
restant dans l'ombre et sans mouvement.
Néanmoins, au bout d'un quart d'heure,
tout ce désert était redevenu si calme et si
silencieux, que je résolus de profiter du premier moment où un nuage obscurcirait la
lune, pour franchir l'intervalle de quinze à
vingt pas qui me séparait de cet enfoncement,
et aller écouter à cette porte : ce moment ne
se fit pas attendre; la lune se voila bientôt,
et l'obscurité fut si profonde que je pensai
pouvoir me hasarder sans danger à accomplir
ma résolution. Je me détachai donc lentement
de ma colonne, à laquelle jusque là j'étais
resté adhérent comme une sculpture go-

thique ; puis, de pilier en pilier, retenant
mon haleine , écoutant à chaque pas, je parvins enfin jusqu'au mur du corridor. Je le
suivis un instant en m'appuyant contre lui ;
enfin j'arrivai aux degrés qui conduisaient
sous la voûte, je descendis trois marches, et
je touchai la porte.

Pendant dix minutes j'écoutai sans rien
entendre, et peu à peu ma première conviction s'éteignit pour faire place au doute. J'en
revenais à croire qu'un rêve m'avait trompé,
et que j'étais le seul habitant de ces ruines
qui m'avaient offert un asile : j'allais quitter
la porte et rejoindre mon pilier, lorsque la
lune reparut en éclairant de nouveau l'espace qu'il me fallait traverser pour retourner
à mon poste ; j'allais me mettre en route, malgré cet inconvénient, qui pour moi avait
cessé d'en être un, lorsqu'une pierre se dé-
tacha de la voûte et tomba. J'entendis le bruit
qu'elle fit, et, quoique j'en connusse la cause,

je tressaillis comme à un avertissement, et,
au lieu de suivre mon premier sentiment, je
demeurai encore un instant dans l'ombre que
projetait la voûte en avançant au-dessus de
ma tête. Tout-à-coup je crus distinguer derrière moi un bruit lointain et prolongé, pareil à celui que ferait une porte en se fer-
mant au fond d'un souterrain; bientôt des
pas éloignés encore se firent entendre, puis
se rapprochèrent; on montait l'escalier profond auquel appartenaient les trois marches que j'avais descendues. En ce moment la lune disparut de nouveau. D'un seul
bond je m'élançai dans le corridor, et, à re-
culons, les bras étendus derrière moi, l'œil
fixé sur l'enfoncement que je venais de quitter, je regagnai ma colonne protectrice, et
je repris ma place. Au bout d'un instant, le
même grincement qui m'avait réveillé se fit
entendre de nouveau; la porte s'ouvrit et se
referma; puis un homme parut, sortant à
moitié de l'ombre, s'arrêta un instant pour

écouter et regarder autour de lui ; et, voyant
que tout était tranquille, il entra dans le corridor et s'avança vers l'extrémité opposée à
celle où je me trouvais. Il n'eut pas fait dix
pas que je le perdis de vue, tant l'obscurité
était épaisse. Au bout d'un instant la lune
reparut de nouveau, et à l'extrémité du petit
cimetière j'aperçus le mystérieux inconnu,
une bêche à la main. Il enleva une ou deux
pelletées de terre, jeta un objet que je ne pus
distinguer dans le trou qu'il avait creusé, et,
sans doute pour que toute trace de ce qu'il venait
de faire fût cachée aux hommes, il laissa retomber sur l'endroit auquel il avait confié son dépôt
la pierre d'une tombe qu'il avait soulevée.
Ces précautions prises, il regarda de nouveau
autour de lui, et, ne voyant rien, n'enten-
dant rien, il alla reposer sa bêche contre un des
piliers du cloître, et disparut sous une voûte.

Ce moment avait été court, et la scène que
je viens de raconter s'était passée à quelque

distance de moi ; cependant, malgré la rapidité de l'exécution et l'éloignement de l'acteur,
j'avais pu distinguer un jeune homme de vingt-
huit à trente ans , aux cheveux blonds et de
moyenne taille. Il était vêtu d'un simple pantalon de toile bleue, pareil à celui que portent
habituellement les paysans les jours de fête ;
mais ce qui indiquait qu'il appartenait à une
autre classe que celle que l'apparence première
lui assignait , c'était un couteau de chasse
pendu à sa ceinture, et dont je vis briller aux
rayons de la lune la garde et l'extrémité.
Quant à sa figure, il m'eût été difficile d'en
donner le signalement précis ; mais cependant
j'en avais vu assez pour le reconnaître, s'il
m'arrivait de le rencontrer.

Tu comprends que cette scène étrange suffisait à chasser pour le reste de la nuit, non
seulement tout espoir, mais encore toute
idée de sommeil. Je restai donc debout sans
éprouver un moment de fatigue, tout en-

tier aux mille pensées qui se croisaient
dans mon esprit et bien résolu à appro-
fondir ce mystère ; mais pour le moment
la chose était impossible : j'étais sans armes,
comme je l'ai dit ; je n'avais ni la clef de
cette porte ni une pince pour l'enfoncer ; puis
il fallait penser si mieux ne valait pas faire
une déposition que tenter par moi-même
une aventure au bout de laquelle je pourrais
bien, comme Don Quichotte, trouver quelque
moulin à vent. En conséquence, dès que je vis
blanchir le ciel, je repris le chemin du porche par lequel j'étais entré ; bientôt je me retrouvai sur la déclivité de la montagne : un
vaste brouillard couvrait la mer ; je descendis
sur la plage, et je m'assis en attendant qu'il
fût dissipé. Au bout d'une demi-heure le soleil
se leva, et ses premiers rayons fondirent la vapeur qui couvrait l'océan encore ému et furieux de l'orage de la veille.

J'avais espéré retrouver ma barque, que la

marée montante avait dû jeter à la côte : en
effet je l'aperçus échouée au milieu des galets :
j'allai à elle ; mais, outre qu'en se retirant la
mer me mettait dans l'impossibilité de la lancer
à flot, une des planches du fond s'était brisée à
l'angle d'une roche : il était donc inutile
de penser à m'en servir pour retourner à Trouville. Heureusement la côte est abondante en
pêcheurs, et une demi-heure ne s'était pas
écoulée que j'aperçus un bateau. Bientôt il fut
à portée de la voix, je fis signe et j'appelai : je
fus vu et entendu, le bateau se dirigea de
mon côté ; j'y transportai le mât, la voile et
les avirons de ma barque qu'une nouvelle marée pouvait emporter ; quant à la carcasse, je
l'abandonnai : son propriétaire viendrait voir
lui-même si elle était encore en état de servir,
et j'en serais quitte pour en payer la réparation partielle ou la perte entière. Les pêcheurs,
qui me recueillaient comme un nouveau Ro-
binson Crusoé, étaient justement de Trouville.
Ils me reconnurent et me témoignèrent leur

joie de me retrouver vivant : ils m'avaient vu
partir la veille, et, sachant que je n'étais pas
revenu, ils m'avaient cru noyé. Je leur racontai
mon naufrage ; je leur dis que j'avais passé la
nuit derrière un rocher, et à mon tour je leur
demandai comment on nommait ces ruines,
qui s'élevaient sur le sommet de la montagne,
et que nous commencions à apercevoir en nous
éloignant du rivage. Ils me répondirent que
c'étaient celles de l'abbaye de Grand-Pré, attenantes au parc du château de Burcy, qu'habitait le comte Horace de Beuzeval.

C'était la seconde fois que ce nom était prononcé devant moi, et faisait tressaillir mon
cœur en y rappelant un ancien souvenir. Le
comte Horace de Beuzeval était le mari de
mademoiselle Pauline de Meulien.

— Pauline de Meulien ! m'écriai-je en interrompant Alfred, Pauline de Meulien !...

Et toute ma mémoire me revint... Oui, c'est bien cela... c'est bien la femme que j'ai rencontrée avec toi en Suisse et en Italie. Nous nous étions trouvés ensemble dans les salons de la princesse B., du duc de F., de M^me de M. Comment ne l'ai-je pas reconnue, toute pâle et défaite qu'elle était? Oh! mais une femme charmante, pleine de talens, de charmes et d'esprit! De magnifiques cheveux noirs, avec des yeux doux et fiers! Pauvre enfant! pauvre enfant! Oh! je me la rappelle et je la reconnais maintenant.

— Oui, me dit Alfred d'une voix émue et étouffée, oui... c'est cela... Elle aussi t'avait reconnu, et voilà pourquoi elle te fuyait avec tant de soin. C'était un ange de beauté, de grâce et de douceur : tu le sais, car, ainsi que tu l'as dit, nous l'avons vue plus d'une fois ensemble; mais ce que tu ne sais pas, c'est que je l'aimais alors de toute mon ame, que j'eusse certes tenté d'être son époux, si, à cette époque, j'avais eu la fortune que je

possède aujourd'hui, et que je me suis tu,
parce que j'étais pauvre comparativement à
elle. Je compris donc que, si je continuais de
la voir, je jouais tout mon bonheur à venir
contre un regard dédaigneux ou un refus
humiliant. Je partis pour l'Espagne; et pendant que j'étais à Madrid, j'appris que mademoiselle Pauline de Meulien avait épousé le
comte Horace de Beuzeval.

Les nouvelles pensées que le nom que ces
pêcheurs venaient de prononcer avait fait
naître en moi commencèrent à effacer les impressions qu'avait jusqu'alors laissées dans
mon esprit l'accident étrange de la nuit; d'ailleurs le jour, le soleil, le peu d'analogie qu'il
y a entre notre vie habituelle et de pareilles
aventures contribuaient à me faire regarder
tout cela comme un songe. L'idée de faire
une déposition était complètement évanouie;
celle de tenter de tout éclaircir par moi-même
m'était seule restée au fond du cœur; d'ail-

leurs je me reprochais cette terreur d'un moment dont je m'étais senti saisi, et je voulais
me donner à moi-même une réparation qui
me satisfît.

J'arrivai à Trouville vers les onze heures
du matin. Tout le monde me fit fête! on me
croyait ou noyé ou assassiné; et l'on était enchanté de voir que j'en étais quitte pour une
courbature; en effet, je tombais de fatigue,
et je me couchai en recommandant qu'on
me réveillât à cinq heures du soir, et qu'on
me tînt une voiture prête pour me conduire à Pont-l'Évêque, où je comptais aller
coucher. Mes recommandations furent ponc-
tuellement suivies, et à huit heures j'étais arrivé à ma destination. Le lendemain, à six
heures du matin, je pris un cheval de poste,
et, précédé de mon guide, je partis à franc-
étrier pour Dives. Mon intention était, arrivé
à cette ville, de m'en aller en simple prome-
neur au bord de la mer, de suivre la côte jus-

qu'à ce que je rencontrasse les ruines de l'abbaye de Grand-Pré, et alors de visiter le jour,
en simple amateur de paysage, ces localités
que je désirais parfaitement étudier, afin de
les reconnaître et d'y revenir pendant la nuit.
Un incident imprévu détruisit ce plan, et
me conduisit au même but par un autre chemin.

En arrivant chez le maître de poste de
Dives, qui était en même temps le maire, je
trouvai la gendarmerie à sa porte et toute la
ville en révolution. Un nouveau meurtre venait encore d'être commis; mais cette fois avec
une audace sans pareille. Madame la comtesse
de Beuzeval, arrivée quelques jours auparavant de Paris, venait d'être assassinée dans le
parc même de son château, habité par le
comte et deux ou trois de ses amis. Com-
prends-tu? Pauline... la femme que j'avais
aimée, celle dont le souvenir, réveillé dans
mon cœur, y vivait tout entier... Pauline,

assassinée... assassinée pendant la nuit, assassinée dans le parc de son château, tandis
que j'étais, moi, dans les ruines de l'abbaye
attenante, c'est-à-dire à cinq cents pas d'elle !
C'était à n'y pas croire... Mais tout-à-coup
cette apparition, cette porte, cet homme,
tout cela me revint à l'esprit; j'allais parler,
j'allais tout dire, lorsque je ne sais quel pressentiment me retint; je n'avais pas encore
assez de certitude, et je résolus, avant de rien
révéler, de pousser mon investigation jusqu'au bout.

Les gendarmes, qui avaient été prévenus à
quatre heures du matin, venaient chercher
le maire, le juge de paix et deux médecins
pour dresser le procès-verbal; le maire et le
juge de paix étaient prêts; mais un des deux
médecins absent pour affaires de clientelle ne
pouvait se rendre à l'invitation de l'autorité:
j'avais fait pour la peinture quelques études
d'anatomie à la Charité, je m'offris comme

élève en chirurgie. Je fus accepté à défaut de mieux, et nous partîmes pour le château de Burcy : toute ma conduite était instinctive ; j'avais voulu revoir Pauline avant que les planches du cercueil ne se fermassent pour elle, ou plutôt j'obéissais à une voix intérieure qui me venait du ciel.

Nous arrivâmes au château : le comte en était parti le matin même pour Caen : il allait solliciter du préfet la permission de faire transporter le cadavre à Paris, où étaient les caveaux de sa famille, et il avait profité, pour s'éloigner, du moment où la justice remplirait ses froides formalités, si douloureuses pour le désespoir.

Un de ses amis nous reçut et nous conduisit à la chambre de la comtesse. A peine si je pouvais me soutenir ; mes jambes pliaient sous moi, mon cœur battait avec violence : je devais être pâle comme la victime qui nous

attendait. Nous entrâmes dans la chambre ;
elle était encore toute parfumée d'une odeur
de vie. Je jetai autour de moi un regard ef-
faré : j'aperçus sur un lit une forme humaine
que trahissait le linceul déjà étendu sur elle :
alors je sentis tout mon courage s'évanouir,
je m'appuyai contre la porte : le médecin
s'avança vers le lit avec ce calme et cette in-
sensibilité incompréhensible que donne l'habitude. Il souleva le drap qui recouvrait le
cadavre et découvrit la tête : alors je crus rê-
ver encore, ou bien que j'étais sous l'empire
de quelque fascination. Ce cadavre étendu sur
le lit , ce n'était pas celui de la comtesse de
Beuzeval ; cette femme assassinée et dont nous
venions constater la mort, ce n'était pas Pauline !.....

# CHAPITRE IV.

# IV

C'était une femme blonde et aux yeux bleus, à la peau blanche et aux mains élégantes et aristocratiques; c'était une femme jeune et belle, mais ce n'était pas Pauline.

La blessure était au côté droit; la balle avait passé entre deux côtes et était allée traverser le cœur; de sorte que la mort avait dû être instantanée. Tout ceci était un mystère si étrange que je commençais à m'y perdre ; mes soupçons ne savaient où se fixer : mais ce qu'il y avait de certain dans tout cela, c'est que cette femme, ce n'était pas Pauline, que son mari déclarait morte, et sous le nom de laquelle on allait enterrer une étrangère.

Je ne sais trop à quoi je fus bon pendant toute cette opération chirurgicale ; je ne sais trop ce que je signai sous le titre de procès-verbal ; heureusement que le docteur de Dives, tenant sans doute à établir sa supériorité sur un élève, et la prééminence de la province sur Paris, se chargea de toute la besogne, et ne réclama que ma signature. L'opération dura deux heures à peu près ; puis nous descendîmes dans la salle à manger du château, où l'on nous avait préparé quelques rafraîchissemens. Pendant que mes compagnons répondaient à cette politesse en s'attablant, j'allai m'appuyer la tête contre le carreau d'une fenêtre qui donnait sur le devant. J'y étais depuis un quart d'heure à peu près lorsqu'un homme couvert de poussière rentra au grand galop de son cheval dans la cour, se jeta en bas de sa monture sans s'inquiéter si quelqu'un était là pour la garder, et s'élança rapidement vers le perron. J'avançais de surprise en surprise : cet homme, quoique je n'eusse fait que l'entrevoir, je l'avais reconnu malgré son changement de costume. Cet homme, c'était celui que j'avais vu au milieu des ruines sortant du caveau ; c'était l'homme au pantalon bleu, à la bêche et au couteau de chasse. J'appelai un domestique et lui demandai quel était le cavalier qui venait de rentrer. C'est mon maître, me dit-il, le comte de Beuzeval, qui revient de Caen, où il était allé chercher l'autorisation de transfert. Je lui demandai s'il comptait repartir bientôt pour Paris. Ce soir, me dit-il, car le fourgon qui doit transporter le corps de madame est préparé, et les chevaux de poste commandés

pour cinq heures. En sortant de la salle à
manger, nous entendîmes des coups de mar-
teau; c'était le menuisier qui clouait la bière.
Tout se faisait régulièrement, mais en hâte,
comme on le voit.

Je repartis pour Dives : à trois heures j'étais
à Pont-l'Évêque, et à quatre heures à Trouville.

Ma résolution était prise pour cette nuit ;
J'étais décidé à tout éclaircir moi-même, et,
si ma tentative était inutile, à tout déclarer
le lendemain, et à laisser à la police le soin
de terminer cette affaire.

En conséquence, la première chose dont je
m'occupai en arrivant fut de louer une nouvelle barque; mais cette fois je retins deux
hommes pour la conduire, puis je montai dans
ma chambre, je passai une paire d'excellens
pistolets à deux coups dans ma ceinture de

voyage, qui supportait en même temps un couteau-poignard ; je boutonnai mon palletot par-dessus, pour déguiser à mon hôtesse ces préparatifs formidables ; je fis porter dans la barque une torche et une pince, et j'y descendis avec mon fusil, donnant pour prétexte à mon excursion le désir de tirer des mouettes et des guillemots.

Cette fois encore le vent était bon ; en moins de trois heures nous fûmes à la hauteur de l'embouchure de la Dive : arrivé là, j'ordonnai à mes matelots de rester en panne jusqu'à ce que la nuit fût tout-à-fait venue ; puis, lorsque je vis l'obscurité assez complète, je fis mettre le cap sur la côte et j'abordai.

Alors je donnai mes dernières instructions à mes hommes : elles consistaient à m'attendre dans un creux de rocher, à veiller chacun à leur tour, et à se tenir prêts à partir à mon premier signal. Si au jour je n'étais pas revenu, ils

devaient se rendre à Trouville et remettre au
maire un paquet cacheté : c'était ma déposition écrite et signée, les détails de l'expédition
que je tentais et les renseignemens à l'aide
desquels on pourrait me retrouver mort ou vivant. Cette précaution prise, je mis mon fusil
en bandoulière; je pris ma pince et ma
torche, un briquet pour l'allumer au besoin,
et j'essayai de reprendre le chemin que j'avais
suivi lors de mon premier voyage.

Je ne tardai pas à le retrouver, je gravis la
montagne, et les premiers rayons de la lune
me montrèrent les ruines de la vieille abbaye; je franchis le porche, et comme la première fois je me trouvai dans la chapelle :

Cette fois encore mon cœur battait avec
violence; mais c'était plus d'attente que de terreur. J'avais eu le temps d'asseoir ma résolution, non pas sur cette excitation physique que
donne le courage brutal et momentané, mais

sur cette réflexion morale qui fait la résolution
prudente, mais irrévocable.

Arrivé au pilier au pied duquel je m'étais
couché, je m'arrêtai pour jeter un coup d'œil
autour de moi. Tout était calme, aucun bruit
ne se faisait entendre, si ce n'est ce mugissement
éternel, qui semble la respiration bruyante
de l'Océan; je résolus de procéder par ordre,
et de fouiller d'abord l'endroit où j'avais vu le
comte de Beuzeval, car j'étais bien convaincu
que c'était lui, cacher un objet que je n'avais
pu distinguer. En conséquence, je laissai la
pince et la torche contre le pilier, j'armai
mon fusil pour être prêt à la défense en cas
d'événement; je gagnai le corridor, je suivis
ses arcades sombres; contre une des colonnes
qui les soutenaient était appuyée la bêche, je
m'en emparai; puis, après un instant d'immobilité et de silence, qui me convainquit
que j'étais bien seul, je me hasardai à gagner
l'endroit du dépôt, je soulevai la pierre de la

tombe, comme l'avait fait le comte, je vis la
terre fraichement remuée, je couchai mon
fusil à terre, j'enfonçai ma bêche dans la même
ligne déjà découpée, et au milieu de la première
pelletée de terre je vis briller une clef ; je remplis le trou, replaçai la pierre sur la tombe,
ramassai mon fusil, remis la bêche où je l'avais
trouvée, et m'arrêtai un instant dans l'endroit
le plus obscur, pour remettre un peu d'ordre
dans mes idées.

Il était évident que cette clef ouvrait la
porte par laquelle j'avais vu sortir le comte ;
dès lors je n'avais plus besoin de la pince :
en conséquence, je la laissai derrière le pilier,
je pris seulement la torche, je m'avançai vers
la porte voûtée, je descendis les trois marches,
je présentai la clef à la serrure, elle y entra,
au second tour, le pêne s'ouvrit, j'entrai ; j'allais refermer la porte, lorsque je pensai qu'un
accident quelconque pouvait m'empêcher de
la rouvrir avec la clef ; j'allai rechercher la

pince, je la couchai dans l'angle le plus profond de la quatrième à la cinquième marche ;
je refermai la porte derrière moi ; me trouvant alors dans l'obscurité la plus profonde,
j'allumai ma torche, et le souterrain s'é-
claira.

Le passage dans lequel j'étais engagé ressemblait à l'entrée d'une cave, il avait tout
au plus cinq ou six pieds de large, les murailles et la voûte étaient de pierre ; un
escalier d'une vingtaine de marches se dé-
roulait devant moi ; au bas de l'escalier je
me trouvai sur une pente inclinée qui conti-
nuait de s'enfoncer sous la terre ; devant moi,
à quelques pas, je vis une seconde porte, j'allai à elle, j'écoutai en appuyant l'oreille contre ses parois de chêne, je n'entendis rien encore ; j'essayai la clef, elle l'ouvrait ainsi qu'elle
avait ouvert l'autre ; comme la première fois
j'entrai, mais sans la refermer derrière moi,
et je me trouvai dans les caveaux réservés aux

supérieurs de l'abbaye : on enterrait les sim-
ples moines dans le cimetière.

Là, je m'arrêtai un instant : il était évident
que j'approchais du terme de ma course ; ma
résolution était trop bien prise pour que rien
lui portât atteinte ; et cependant, continua
Alfred, tu comprendras facilement que l'impression des lieux n'était pas sans puissance ;
je passai la main sur mon front couvert de
sueur, et je m'arrêtai un instant pour me
remettre. Qu'allais-je trouver ? sans doute
quelque pierre mortuaire, scellée depuis trois
jours ; tout-à-coup je tressaillis ! J'avais cru
entendre un gémissement.

Ce bruit, au lieu de diminuer mon courage,
me le rendit tout entier ; je m'avançai rapidement ; mais de quel côté ce gémissement
était-il venu ? Pendant que je regardais autour de moi, une seconde plainte se fit entendre ; je m'élançai du côté d'où elle venait,

plongeant mes regards dans chaque caveau,
sans y rien voir autre chose que les pierres
funèbres, dont les inscriptions indiquaient le
nom de ceux qui dormaient à leur abri ; enfin,
arrivé au dernier, au plus profond , au plus
reculé, j'aperçus dans un coin une femme
assise, les bras tordus, les yeux fermés et
mordant une mèche de ses cheveux ; près
d'elle, sur une pierre, était une lettre, une
lampe éteinte et un verre vide. Étais-je arrivé
trop tard, était-elle morte ? J'essayai la clef,
elle n'était pas faite pour la serrure ; mais au
bruit que je fis la femme ouvrit des yeux ha-
gards, écarta convulsivement les cheveux qui
lui couvraient le visage, et d'un mouvement
rapide et mécanique se leva debout comme
une ombre. Je jetai à la fois un cri et un nom,
Pauline.

Alors la femme se précipita vers la grille et
tomba à genoux.

—Oh ! s'écria-t-elle avec l'accent de la plus

affreuse agonie, tirez-moi d'ici. Je n'ai rien vu, je ne dirai rien, je le jure par ma mère.

— Pauline! Pauline! répétai-je en lui prenant les mains à travers la grille, Pauline, vous n'avez rien à craindre, je viens à votre aide, à votre secours : je viens vous sauver.

— Oh! dit-elle en se relevant, me sauver, me sauver..... oui, me sauver. Ouvrez cette porte, ouvrez-la à l'instant; tant qu'elle ne sera pas ouverte je ne croirai à rien de ce que vous me direz. Au nom du ciel, ouvrez cette porte. — Et elle secouait la grille avec une puissance dont j'aurais cru une femme incapable.

—Remettez-vous, remettez-vous, lui dis-je, je n'ai pas la clef de cette porte, mais j'ai des moyens de l'ouvrir : je vais aller chercher....

— Ne me quittez pas, s'écria Pauline en me saisissant le bras à travers la grille avec une force inouïe; ne me quittez pas, je ne vous reverrais plus.

— Pauline, lui dis-je en rapprochant la

torche de mon visage, ne me reconnaissez-
vous pas? Oh ! regardez-moi, et songez si je
puis vous abandonner.

Pauline fixa ses grands yeux noirs sur les
miens, chercha un instant dans ses souvenirs;
puis tout-à-coup :

— Alfred de Nerval ! s'écria-t-elle.

— Oh ! merci, merci, lui répondis-je, ni
vous non plus, vous ne m'avez pas oublié. Oui,
c'est moi qui vous ai tant aimée, qui vous aime
tant encore. Voyez si vous pouvez vous confier
à moi.

Une rougeur subite passa sur son visage
pâle, tant la pudeur est inhérente au cœur
de la femme ; puis elle lâcha mon bras.

— Serez-vous long-temps ? me dit-elle.

— Cinq minutes.

— Allez donc ; mais laissez-moi cette tor-

che, je vous en supplie, les ténèbres me tue-
raient.

Je lui donnai la torche : elle la prit, passa
son bras à travers la grille , appuya son visage
entre deux barreaux afin de me suivre des
yeux le plus long-temps possible, et je me
hâtai de reprendre le chemin par lequel j'étais
venu. Au moment de franchir la première
porte, je me retournai et je vis Pauline dans la
même posture , immobile comme une statue
qui eût tenu un flambeau avec son bras de
marbre.

Au bout de vingt pas je trouvai le second
escalier et à la quatrième marche la pince
que j'y avais cachée; je revins aussitôt : Pauline était toujours à la même place. En me re-
voyant elle jeta un cri de joie. Je me précipitai vers la grille.

La serrure en était tellement solide que je

vis qu'il fallait me tourner du côté des gonds : je me mis donc à attaquer la pierre ; Pauline m'éclairait, au bout de dix minutes les deux attaches de l'un des battans étaient descellées, je le tirai, il céda. Pauline tomba à genoux : ce n'était que de ce moment qu'elle se croyait libre.

Je la laissai un instant à son action de grâces, puis j'entrai dans le caveau. Alors elle se retourna vivement, saisit la lettre ouverte sur la pierre et la cacha dans son sein. Ce mouvement me rappela le verre vide ; je m'en emparai avec anxiété, un demi-pouce de matière blanchâtre restait au fond.

— Qu'y avait-il dans ce verre ? dis-je épouvanté.

— Du poison, me répondit Pauline.

— Et vous l'avez bu ! m'écriai-je.

— Savais-je que vous alliez venir ? me dit Pauline en s'appuyant contre la grille ; car alors seulement elle se rappela qu'elle avait vidé ce verre une heure ou deux avant mon arrivée.

— Souffrez-vous? lui dis-je.

— Pas encore, me répondit-elle.

Alors un espoir me vint.

— Et y avait-il long-temps que le poison était dans ce verre?

— Deux jours et deux nuits à peu près, car je n'ai pas pu calculer le temps.

Je regardai de nouveau le verre, le détritus qui en couvrait le fond me rassura un peu : pendant ces deux jours et ces deux nuits, le poison avait eu le temps de se précipiter. Pauline n'avait bu que de l'eau, empoisonnée il est vrai, mais peut-être pas à un degré assez intense pour donner la mort.

— Il n'y a pas un instant à perdre, lui dis-je en l'enlevant sous un de mes bras, il faut fuir pour trouver du secours.

— Je pourrai marcher, dit Pauline en se dégageant avec cette sainte pudeur qui avait déjà coloré son visage.

Aussitôt nous nous acheminâmes vers la première porte, que nous refermâmes derrière nous ; puis nous arrivâmes à la seconde, qui s'ouvrit sans difficulté, et nous nous retrouvâmes sous le cloître. La lune brillait au milieu d'un ciel pur ; Pauline étendit les bras, et tomba une seconde fois à genoux.

— Partons, partons, lui dis-je, chaque minute est peut-être mortelle.

— Je commence à souffrir, dit-elle en se relevant. Une sueur froide me passa sur le front, je la pris dans mes bras comme j'aurais fait d'un enfant, je traversai les ruines, je sortis du cloître et je descendis en courant

la montagne : arrivé sur la plage , je vis de
loin le feu de mes deux hommes.

— A la mer, à la mer ! criai-je de cette
voix impérative qui indique qu'il n'y a pas un
instant à perdre.

Ils s'élancèrent vers la barque et la firent
approcher le plus près qu'ils purent de la
rive, j'entrai dans l'eau jusqu'aux genoux; ils
prirent Pauline de mes bras et la déposèrent
dans la barque. Je m'y élançai après elle.

— Souffrez-vous davantage ?
— Oui, me dit Pauline.

Ce que j'éprouvais était quelque chose de
pareil au désespoir : pas de secours, pas de
contre-poison ; tout-à-coup je pensai à l'eau
de mer, j'en remplis un coquillage qui se trouvait au fond de la barque, et je le présentai
à Pauline.

— Buvez, lui dis-je.

Elle obéit machinalement.

— Qu'est-ce que vous faites donc? s'écria
un des pêcheurs; vous allez la faire vomir,
c'te p'tite femme.

C'était tout ce que je voulais : un vomisse-
ment seul pouvait la sauver. Au bout de cinq
minutes elle éprouva des contractions d'estomac d'autant plus douloureuses que, depuis
trois jours, elle n'avait rien pris que ce poison. Mais ce paroxisme passé, elle se trouva
soulagée; alors je lui présentai un verre plein
d'eau douce et fraîche, qu'elle but avec avi-
dité. Bientôt les douleurs diminuèrent, une
lassitude extrême leur succéda. Nous fîmes au
fond de la barque un lit des vestes de mes pêcheurs et de mon palletot : Pauline s'y coucha, obéissante comme un enfant, presque
aussitôt ses yeux se fermèrent, j'écoutai un
instant sa respiration; elle était rapide, mais
régulière : tout était sauvé.

— Allons, dis-je joyeusement à mes matelots, maintenant à Trouville, et cela le plus vite
possible : il y a vingt-cinq louis pour vous en
arrivant.

Aussitôt mes braves bateliers, jugeant que
la voile était insuffisante, se penchèrent sur
leurs rames, et la barque glissa sur l'eau
comme un oiseau de mer attardé.

# CHAPITRE V.

# V

Pauline rouvrit les yeux en rentrant dans le port; son premier mouvement fut tout à l'effroi, elle croyait avoir fait un rêve consolant; et elle étendit les bras comme pour s'assurer qu'ils ne touchaient plus les murs de son caveau; puis elle regarda autour d'elle avec inquiétude.

— Où me conduisez-vous? me dit-elle.

— Soyez tranquille, lui répondis-je ; ces maisons que vous voyez devant vous appartiennent à un pauvre village ; ceux qui l'habitent sont trop occupés pour être curieux ; vous y resterez inconnue aussi long-temps que vous voudrez. D'ailleurs, si vous désirez partir, dites-moi seulement où vous allez, et demain, cette nuit, à l'instant, je pars avec vous, je vous conduis, je suis votre guide.

— Même hors de France ?

— Partout !

— Merci, me dit-elle ; laissez-moi seulement songer une heure à cela ; je vais essayer de rassembler mes idées, car en ce moment j'ai la tête et le cœur brisés ; toute ma force s'est usée pendant ces deux jours et ces deux nuits, et je sens dans mon esprit une confusion qui ressemble à de la folie.

— A vos ordres ; quand vous voudrez me voir, vous me ferez appeler. Elle me fit un geste de remerciment. En ce moment nous arrivions à l'auberge.

Je fis préparer une chambre dans un corps de logis entièrement séparé du mien, pour ne pas blesser la susceptibilité de Pauline; puis je recommandai à notre hôtesse de ne lui monter que du bouillon coupé, toute autre nourriture pouvant devenir dangereuse dans l'état d'irritation et d'affaiblissement où devait être l'estomac de la malade. Ces ordres donnés, je me retirai dans ma chambre.

Là je pus me livrer tout entier au sentiment de joie qui remplissait mon ame, et que, devant Pauline, je n'avais point osé laisser éclater. Celle que j'aimais encore, celle dont le souvenir, malgré une séparation de deux ans, était resté vivant dans mon cœur, je l'avais sauvée, elle me devait la vie. J'admirais par combien de détours cachés et de combinaisons diverses le hasard ou la Providence m'avait conduit à ce résultat; puis tout-à-coup il me passait un frisson mortel par les veines en songeant que, si une de ces circon-

stances fortuites avait manqué, que, si un
seul de ces petits événemens dont la chaîne
avait formé le fil conducteur qui m'avait guidé
dans ce labyrinthe n'était pas venu au-
devant de moi, à cette heure même Pauline,
enfermée dans un caveau, se tordrait les bras
dans les convulsions du poison ou de la faim ;
tandis que moi, moi, dans mon ignorance,
occupé ailleurs d'une futilité, d'un plaisir
peut-être, je l'eusse laissée agonisante ainsi,
sans qu'un souffle, sans qu'un pressentiment,
sans qu'une voix fût venue me dire : Elle se
meurt ; sauve-la !... Ces choses sont affreuses
à penser, et la peur de réflexion est la plus
terrible. Il est vrai que c'est aussi la plus consolante car, après nous avoir fait épuiser le
cercle du doute, elle nous ramène à la foi,
qui arrache le monde des mains aveugles du
hasard pour le remettre à la prescience de
Dieu.

Je restai une heure ainsi, et je te le jure,

continua Alfred, pas une pensée qui ne fût pure ne me vint au cœur ou à l'esprit. J'étais heureux, j'étais fier de l'avoir sauvée ; cette action portait avec elle sa récompense, et je n'en demandais pas d'autre que le bonheur même d'avoir été choisi pour l'accomplir. Au bout de cette heure elle me fit demander : je me levai vivement, comme pour m'élancer vers sa chambre ; mais à la porte les forces me manquèrent, je fus obligé de m'appuyer un instant contre le mur , et il fallut que la fille d'auberge revint sur ses pas en m'invitant à entrer pour que je prisse sur moi de surmonter mon émotion.

Elle s'était jetée sur son lit, mais sans se déshabiller. Je m'approchai d'elle avec l'apparence la plus calme que je pus : elle me tendit la main.

— Je ne vous ai pas encore remercié, me

dit-elle : mon excuse est dans l'impossibilité
de trouver des termes qui expriment ma reconnaissance. Faites la part de la terreur
d'une femme dans la position où vous m'avez
trouvée et pardonnez-moi.

— Écoutez-moi, madame, lui dis-je en es-
sayant de réprimer mon émotion, et croyez
à ce que je vais vous dire. Il est de ces situa-
tions si inattendues, si étranges, qu'elles dis-
pensent de toutes les formes ordinaires et de
toutes les préparations convenues. Dieu m'a
conduit vers vous et je l'en remercie; mais
ma mission n'est point accomplie, je l'espère,
et peut-être aurez-vous encore besoin de moi.
Écoutez-moi donc et pesez chacune de mes
paroles.

Je suis libre... je suis riche... rien ne m'en-
chaîne sur un point de la terre plutôt que sur
un autre. Je comptais voyager, je partais pour
l'Angleterre sans aucun but; je puis donc

changer mon itinéraire, et me diriger vers telle partie de ce monde où il plaira au hasard de me pousser. Peut-être devez-vous quitter la France? Je n'en sais rien, je ne demande aucun de vos secrets, et j'attendrai que vous me fassiez un signe pour former même une supposition. Mais, soit que vous restiez en France, soit que vous la quittiez, disposez de moi, madame, à titre d'ami ou de frère; ordonnez que je vous accompagne de près, ou que je vous suive de loin, faites-vous de moi un défenseur avoué, ou exigez que j'aie l'air de ne pas vous connaître, et j'obéirai à l'instant; et cela, madame, croyez-le bien, sans arrière-pensée, sans espoir égoïste, sans intention mauvaise. Et maintenant que j'ai dit, oubliez votre âge, oubliez le mien, ou supposez que je suis votre frère.

— Merci, me dit la comtesse avec une voix pleine d'une émotion profonde, j'accepte avec une confiance pareille à votre loyauté; je me

remets tout entière à votre honneur, car je
n'ai que vous au monde : vous seul savez que
j'existe.

Oui, vous l'avez supposé avec raison, il
faut que je quitte la France. Vous alliez en
Angleterre, vous m'y conduirez; mais je n'y
puis pas arriver seule et sans famille; vous
m'avez offert le titre de votre sœur; pour tout
le monde désormais je serai mademoiselle de
Nerval.

— Oh! que je suis heureux! m'écriai-je.
La comtesse me fit signe de l'écouter.

— Je vous demande plus que vous ne croyez
peut-être, me dit-elle; moi aussi j'ai été riche,
mais les morts ne possèdent plus rien.

— Mais je le suis, moi, mais toute ma
fortune...

— Vous ne me comprenez pas, me dit-elle,
et en ne me laissant pas achever, vous me
forcez à rougir.

— Oh! pardon.

— Je serai mademoiselle de Nerval, une fille de votre père si vous voulez, une orpheline qui vous a été confiée. Vous devez avoir des lettres de recommandation; vous me présenterez comme institutrice dans quelque pensionnat. Je parle l'anglais et l'italien comme ma langue maternelle; je suis bonne musicienne, du moins on me le disait autrefois, je donnerai des leçons de musique et de langues.

— Mais c'est impossible, m'écriai-je.

— Voilà mes conditions, me dit la comtesse; les refusez-vous, monsieur, ou les acceptez-vous, mon frère?

— Oh! tout ce que vous voudrez, tout, tout, tout!

— Eh bien, alors il n'y a pas de temps à perdre, il faut que demain nous partions; est-ce possible?

— Parfaitement.

— Mais un passeport?

— J'ai le mien.

— Au nom de monsieur de Nerval ?

— J'ajouterai et de sa sœur.

— Vous ferez un faux ?

— Bien innocent. Aimez-vous mieux que j'écrive à Paris qu'on m'envoie un second passeport ?...

— Non, non... cela entraînerait une trop grande perte de temps. D'où partirons-nous ?

— Du Havre.

— Comment ?

— Par le paquebot, si vous voulez.

— Et quand cela ?

— A votre volonté.

— Pouvons-nous tout de suite ?

— N'êtes-vous pas bien faible ?

— Vous vous trompez, je suis forte. Dès que vous serez disposé à partir, vous me trouverez prête.

— Dans deux heures.

— C'est bien. Adieu, frère.

— Adieu, madame.

— Ah ! reprit la comtesse en souriant,

voilà déjà que vous manquez à nos conven-
tions.

— Laissez-moi le temps de m'habituer à
ce nom, si doux qu'il soit.

—M'a-t-il donc tant coûté à moi?

— Oh! vous... m'écriai-je. Je vis que j'allais en dire trop. Dans deux heures, repris-je,
tout sera préparé selon vos désirs. Puis je
m'inclinai et je sortis.

Il n'y avait qu'un quart d'heure que je
m'étais offert dans toute la sincérité de mon
ame à jouer le rôle de frère, et déjà j'en ressentais toute la difficulté. Être le frère adop-
tif d'une femme jeune et belle est déjà chose
difficile; mais lorsqu'on a aimé cette femme,
lorsqu'on l'a perdue, lorsqu'on l'a retrouvée
seule et isolée, n'ayant d'appui que vous; lorsque le bonheur auquel on n'aurait osé croire,
car on le regardait comme un songe, est là
près de vous en réalité, et qu'en étendant la
main on le touche, alors, malgré la résolution

prise, malgré la parole donnée, il est impossible de renfermer dans son ame ce feu
qu'elle couve, et il en sort toujours quelque
étincelle par les yeux ou par la bouche.

Je retrouvai mes bateliers soupant et bu-
vant; je leur fis part de mon nouveau projet
de gagner le Havre pendant la nuit, afin d'y
être arrivé au moment du départ du paquebot; mais ils refusèrent de tenter la traversée
dans la barque qui nous avait amenés.
Comme ils ne demandaient qu'une heure pour
préparer un bâtiment plus solide, nous fîmes
prix à l'instant, ou plutôt ils laissèrent la
chose à ma générosité. J'ajoutai cinq louis aux
vingt-cinq qu'ils avaient déjà reçus; pour
cette somme ils m'eussent conduit en Amérique.

Je fis une visite dans les armoires de mon
hôtesse. La comtesse s'était sauvée avec la
robe qu'elle portait au moment où elle fut

enfermée, et voilà tout. Je craignais pour
elle, faible et souffrante comme elle l'était
encore, le vent et le brouillard de la nuit;
j'aperçus sur la planche d'honneur un grand
tartan écossais, dont je m'emparai, et que je
priai madame Oseraie de mettre sur ma note;
grâce à ce châle et à mon manteau, j'espérais
que ma compagne de voyage ne serait pas in-
commodée de la traversée. Elle ne se fit pas
attendre, et lorsqu'elle sut que les bateliers
étaient prêts, elle descendit aussitôt. J'avais
profité du temps qu'elle m'avait donné pour
régler tous mes petits comptes à l'auberge;
nous n'eûmes donc qu'à gagner le port et à
nous embarquer.

Comme je l'avais prévu, la nuit était
froide, mais calme et belle. J'enveloppai la
comtesse de son tartan, et je voulus la faire entrer sous la tente que nos bateliers avaient faite
à l'arrière du bâtiment avec une voile; mais
la sérénité du ciel et la tranquillité de la mer

la retinrent sur le pont; je lui montrai un
banc, et nous nous assimes l'un près de l'autre.

Tous deux nous avions le cœur si plein de
nos pensées, que nous demeurâmes ainsi sans
nous adresser la parole. J'avais laissé retomber
ma tête sur ma poitrine, et je songeais avec
étonnement à cette suite d'aventures étranges
qui venaient de commencer pour moi, et dont
la chaine allait probablement s'étendre dans
l'avenir. Je brûlais de savoir par quelle suite
d'événemens la comtesse de Beuzeval, jeune,
riche, aimée en apparence de son mari, en
était arrivée à attendre, dans un des caveaux
d'une abbaye en ruines, la mort à laquelle je
l'avais arrachée. Dans quel but et pour quel
résultat son mari avait-il fait courir le bruit
de sa mort et exposé sur le lit mortuaire une
étrangère à sa place? Était-ce par jalousie?...
ce fut la première idée qui se présenta à mon
esprit, elle était affreuse... Pauline aimer
quelqu'un !... Oh ! alors voilà qui désenchan-

tait tous mes rêves; car pour cet homme
qu'elle aimait elle reviendrait à la vie sans
doute; quelque part qu'elle fût, cet homme
la rejoindrait. Alors, je l'aurais sauvée pour
un autre; elle me remercierait comme un
frère, et tout serait dit; cet homme me serre-
rait la main en me répétant qu'il me devait
plus que la vie; puis, ils seraient heureux
d'un bonheur d'autant plus sûr qu'il serait
ignoré!... Et moi, je reviendrais en France
pour y souffrir comme j'avais déjà souffert, et
mille fois davantage; car cette félicité, que
d'abord je n'avais entrevue que de loin, s'était
rapprochée de moi, pour m'échapper plus
cruellement encore; et alors il viendrait un
moment peut-être où je maudirais l'heure où
j'avais sauvé cette femme, où je regretterais
que, morte pour tout le monde, elle fût vivante
pour moi, loin de moi; et pour un autre près
de lui... D'ailleurs, si elle était coupable,
la vengeance du comte était juste... A sa
place... je ne l'eusse pas fait mourir...

mais certes... je l'eusse tuée... elle et l'homme qu'elle aimait... Pauline aimant un autre !... Pauline coupable !... Oh ! cette idée me rongeait le cœur... Je relevai lentement le front ; Pauline, la tête renversée en arrière, regardait le ciel, et deux larmes coulaient le long de ses joues.

— Oh ! m'écriai-je... qu'avez-vous donc, mon Dieu ?

— Croyez-vous, me dit-elle en gardant son immobilité, croyez-vous que l'on quitte pour toujours sa patrie, sa famille, sa mère, sans que le cœur se brise ? Croyez-vous qu'on passe, sinon du bonheur, mais du moins de la tranquillité au désespoir, sans que le cœur saigne ? Croyez-vous qu'on traverse l'océan à mon âge pour aller traîner le reste de sa vie sur une terre étrangère, sans mêler une larme aux flots qui vous emportent loin de tout ce qu'on a aimé ?...

—Mais, lui dis-je, est-ce donc un adieu
éternel?

— Éternel ! murmura-t-elle en secouant
doucement la tête.

—De ceux que vous regrettez ne reverrez-
vous personne?

— Personne...

— Et tout le monde doit-il ignorer à jamais, et... sans exception, que celle que l'on
croit morte et qu'on regrette est vivante et
pleure ?

—Tout le monde... à jamais... sans exception...

— Oh! m'écriai-je..... oh! que je suis
heureux, et quel poids vous m'enlevez du
cœur!...

— Je ne vous comprends pas, dit Pauline.

— Oh! ne devinez-vous point tout ce qui
s'éveille en moi de doutes et de craintes?...
N'avez-vous point hâte de savoir vous-même
par quel enchaînement de circonstances je
suis arrivé jusques auprès de vous?...Et ren-

dez-vous grâce au ciel de vous avoir sauvée, sans vous informer à moi de quels moyens il s'est servi ?...

— Vous avez raison, un frère ne doit point avoir de secrets pour sa sœur... Vous me raconterez tout... et, à mon tour, je ne vous cacherai rien...

— Rien... Oh! jurez-le-moi... Vous me laisserez lire dans votre cœur comme dans un livre ouvert ?...

— Oui... et vous n'y trouverez que le malheur, la résignation et la prière... Mais ce n'est ni l'heure ni le moment. D'ailleurs je suis trop près encore de toutes ces catastrophes pour avoir le courage de les raconter...

— Oh! quand vous voudrez... à votre heure... à votre temps... J'attendrai...

Elle se leva. J'ai besoin de repos, me dit-elle : ne m'avez-vous pas dit que je pourrais dormir sous cette tente?

Je l'y conduisis; j'étendis mon manteau sur

le plancher; puis elle me fit signe de la main de la laisser seule. J'obéis, et je retournai m'asseoir sur le pont, à la place qu'elle avait occupée, je posai ma tête où elle avait posé la sienne, et je demeurai ainsi jusqu'à notre arrivée au Havre.

Le lendemain soir nous abordions à Brighton; six heures après nous étions à Londres.

# CHAPITRE VI.

# VI

Mon premier soin en arrivant fut de me mettre en quête d'un appartement pour ma sœur et pour moi ; en conséquence je me présentai le même jour chez le banquier auprès duquel j'étais accrédité : il m'indiqua une petite maison toute meublée, qui faisait parfaitement l'affaire de deux personnes et de deux

domestiques ; je le chargeai de terminer la né-
gociation, et le lendemain il m'écrivit que
le cottage était à ma disposition.

Aussitôt, et tandis que la comtesse repo-
sait, je me fis conduire dans une lingerie : la
maîtresse de l'établissement me composa à
l'instant un trousseau d'une grande simplicité,
mais parfaitement complet et de bon goût ;
deux heures après, il était marqué au nom de
Pauline de Nerval et transporté tout entier
dans les armoires de la chambre à coucher de
celle à qui il était destiné : j'entrai immédiatement chez une modiste, qui mit, quoique
française, la même célérité dans sa fourniture ;
quant aux robes, comme je ne pouvais me
charger d'en donner les mesures, j'achetai
quelques pièces d'étoffe, les plus jolies que je
pus trouver, et je priai le marchand de m'envoyer le soir même une couturière.

J'étais de retour à l'hôtel à midi : on me dit

que ma sœur était réveillée et m'attendait pour
prendre le thé : je la trouvai vêtue d'une robe
très-simple qu'elle avait eu le temps de faire
faire pendant les douze heures que nous étions
restés au Havre. Elle était charmante ainsi.

— Regardez, me dit-elle en me voyant entrer, n'ai-je pas déjà bien le costume de mon
emploi, et hésiterez-vous maintenant à me
présenter comme une sous-maîtresse ?

— Je ferai tout ce que vous m'ordonnerez
de faire, lui dis-je.

— Oh ! mais ce n'est pas ainsi que vous devez me parler, et si je suis à mon rôle, il me
semble que vous oubliez le vôtre : les frères
en général ne sont pas soumis aussi aveuglé-
ment aux volontés de leur sœur, et surtout les
frères aînés. Vous vous trahirez, prenez garde.

— J'admire vraiment votre courage, lui dis-
je, laissant tomber mes bras et la regardant : —
la tristesse au fond du cœur, car vous souffrez
de l'ame ; la pâleur sur le front, car vous souf-

frez du corps ; éloignée pour jamais de tout ce
que vous aimez, vous me l'avez dit , vous avez
la force de sourire. Tenez, pleurez, pleurez,
j'aime mieux cela, et cela me fait moins de
mal.

— Oui, vous avez raison, me dit-elle, et je
suis une mauvaise comédienne. On voit mes
larmes, n'est-ce pas, à travers mon sourire?
Mais j'avais pleuré pendant que vous n'y étiez
pas, cela m'avait fait du bien ; de sorte qu'à
un œil moins pénétrant, à un frère moins
attentif j'aurais pu faire croire que j'avais
déjà tout oublié.

— Oh! soyez tranquille, madame, lui dis-
je avec quelque amertume, car tous mes soupçons me revenaient, soyez tranquille, je ne le
croirai jamais.

— Croyez-vous qu'on oublie sa mère quand
on sait qu'elle vous croit morte et qu'elle
pleure votre mort?... O ma mère, ma pauvre mère! s'écria la comtesse en fondant en
larmes et en se laissant retomber sur le canapé.

— Voyez comme je suis égoïste, lui dis-je
en m'approchant d'elle, je préfère vos larmes
à votre sourire. Les larmes sont confiantes, et
le sourire est dissimulé ; le sourire, c'est le
voile sous lequel le cœur se cache pour mentir.
Puis, quand vous pleurez, il me semble que
vous avez besoin de moi pour essuyer vos
pleurs... Quand vous pleurez, j'ai l'espoir que
lentement, à force de soins, d'attentions, de
respect, je vous consolerai, tandis que si vous
étiez consolée déjà, quel espoir me resterait-il ?

—·Tenez, Alfred, me dit la comtesse avec
un sentiment profond de bienveillance et en
m'appelant pour la première fois par mon nom,
ne nous faisons pas une vaine guerre de mots ;
il s'est passé entre nous des choses si étranges
que nous sommes dispensés, vous de détours
envers moi, moi de ruse envers vous. Soyez
franc, interrogez-moi ; que voulez-vous savoir ?
je vous répondrai.

— Oh ! vous êtes un ange, m'écriai-je, et
moi je suis un fou : je n'ai le droit de rien sa-

voir, de rien demander. N'ai-je pas été aussi
heureux qu'un homme puisse l'être, quand je
vous ai retrouvée dans ce caveau, quand je
vous ai emportée dans mes bras en descendant
cette montagne, quand vous vous êtes appuyée
sur mon épaule dans cette barque? Aussi je ne
sais, mais je voudrais qu'un danger éternel
vous menaçât, pour vous sentir toujours fris-
sonner contre mon cœur : ce serait une existence vite usée qu'une existence pleine de sensations pareilles. On ne vivrait qu'un an peut-
être ainsi, puis le cœur se briserait; mais
quelle longue vie ne changerait-on pas pour
une pareille année? Alors vous étiez toute à votre
crainte, et moi j'étais votre seul espoir. Vos
souvenirs de Paris ne vous tourmentaient pas.
Vous ne feigniez pas de sourire pour me cacher
vos larmes; j'étais heureux!.... je n'étais pas
jaloux.

— Alfred, me dit gravement la comtesse,
vous avez fait assez pour moi pour que je fasse
quelque chose pour vous. D'ailleurs il faut

que vous souffriez, et beaucoup, pour me parler
ainsi ; car en me parlant ainsi vous me prou-
vez que vous ne vous souvenez plus que je suis
sous votre dépendance entière. Vous me faites
honte pour moi ; vous me faites mal pour vous.

— Oh ! pardonnez-moi, pardonnez-moi,
m'écriai-je en tombant à ses genoux ; mais vous
savez que je vous ai aimée jeune fille, quoique
je ne vous l'aie jamais dit ; vous savez que mon
défaut de fortune seul m'a empêché d'aspirer à
votre main ; et vous savez encore que depuis
que je vous ai retrouvée, cet amour, endormi
peut-être, mais jamais éteint, s'est réveillé
plus ardent, plus vif que jamais. Vous le savez, car on n'a pas besoin de dire de pareilles
choses pour qu'elles soient sues. Eh bien !
voilà ce qui fait que je souffre également à
vous voir sourire et à vous voir pleurer ; c'est
que quand vous souriez, vous me cachez quelque chose ; c'est que quand vous pleurez, vous
m'avouez tout. Ah ! vous aimez, vous regrettez
quelqu'un.

— Vous vous trompez, me répondit la comtesse; si j'ai aimé, je n'aime plus; si je regrette quelqu'un, c'est ma mère!

— Oh! Pauline! Pauline! m'écriai-je, me dites-vous vrai? ne me trompez-vous pas? Mon Dieu, mon Dieu!

— Croyez-vous que je sois capable d'acheter votre protection par un mensonge?

— Oh! le ciel m'en garde!... Mais d'où est venue la jalousie de votre mari? car la jalousie seule a pu le porter à une pareille infamie.

— Écoutez, Alfred, un jour ou l'autre il aurait fallu que je vous avouasse ce terrible secret; vous avez le droit de le connaître. Ce soir vous le saurez, ce soir vous lirez dans mon ame; ce soir, vous disposerez de plus que de ma vie, car vous disposerez de mon honneur et de celui de toute ma famille, mais à une condition.

— Laquelle? dites; je l'accepte d'avance.

— Vous ne me parlerez plus de votre amour; je vous promets, moi, de ne pas ou-

blier que vous m'aimez. Elle me tendit la
main ; je la baisai avec un respect qui tenait de la religion.

— Asseyez-vous là, me dit-elle, et ne
parlons plus de tout cela jusqu'au soir : qu'a-
vez-vous fait ?

— J'ai cherché une petite maison bien
simple et bien isolée, où vous soyez libre et
maîtresse, car vous ne pouvez rester dans un
hôtel.

— Et vous l'avez trouvée ?

— Oui, à Piccadilly. Et si vous voulez,
nous irons la voir après le déjeuner.

— Alors, tendez donc votre tasse.


Nous prîmes le thé ; puis nous montâmes
en voiture, et nous nous rendîmes au cottage.


C'était une jolie petite fabrique à jalousies
vertes, avec un jardin plein de fleurs ; une
véritable maison anglaise, à deux étages seulement. Le rez-de-chaussée devait nous être

commun; le premier était préparé pour Pauline. Je m'étais réservé le second.

Nous montâmes à son appartement; il se composait d'une antichambre, d'un salon, d'une chambre à coucher, d'un boudoir et d'un cabinet de travail, où l'on avait réuni tout ce qu'il fallait pour faire de la musique et dessiner. J'ouvris les armoires; la lingère m'avait tenu parole.

— Qu'est cela? me dit Pauline.

— Si vous entrez dans une pension, lui répondis-je, on exigera que vous ayez un trousseau. Celui-ci est marqué à votre nom, un P et un N, Pauline de Nerval.

— Merci, mon frère, me dit-elle en me serrant la main. C'était la première fois qu'elle me redonnait ce titre depuis notre explication; mais cette fois ce titre ne me fit pas mal.

Nous entrâmes dans la chambre à coucher; sur le lit étaient deux chapeaux d'une forme toute parisienne et un châle de cachemire fort simple.

— Alfred, me dit la comtesse en les apercevant, vous eussiez dû me laisser entrer seule ici, puisque j'y devais trouver toutes ces choses. Ne voyez-vous pas que j'ai honte devant vous de vous avoir donné tant de peine?... Puis vraiment je ne sais s'il est convenable...

— Vous me rendrez tout cela sur le prix de vos leçons, interrompis-je en souriant : un frère peut prêter à sa sœur.

— Il peut même lui donner lorsqu'il est plus riche qu'elle, dit Pauline, car, dans ce cas-là, c'est celui qui donne qui est heureux.

— Oh! vous avez raison, m'écriai-je, et aucune délicatesse du cœur ne vous échappe... Merci, merci...

Nous passâmes dans le cabinet de travail ; sur le piano étaient les romances les plus nou-

velles de madame Duchamge, de Labarre et
de Plantade; les morceaux les plus à la mode
de Bellini, de Meyerbeer et de Rossini. Pauline ouvrit un cahier de musique et tomba
dans une profonde rêverie.

— Qu'avez-vous? lui dis-je, voyant que ses
yeux restaient fixés sur la même page, et
qu'elle semblait avoir oublié que j'étais là.

— Chose étrange, murmura-t-elle, répondant à la fois à sa pensée et à ma question, il
y a une semaine au plus que je chantais ce
même morceau chez la comtesse M.; alors j'a-
vais une famille, un nom, une existence.
Huit jours se sont passés... et je n'ai plus rien
de tout cela... Elle pâlit et tomba plutôt
qu'elle ne s'assit sur un fauteuil, et l'on eût
dit que véritablement elle allait mourir. Je
m'approchai d'elle, elle ferma les yeux; je
compris qu'elle était tout entière à sa pensée,
je m'assis près d'elle, et lui appuyant la tête
sur mon épaule :

— Pauvre sœur! lui dis-je.

Alors elle se reprit à pleurer; mais cette
fois sans convulsions ni sanglots; c'étaient
des larmes mélancoliques et silencieuses, de
ces larmes enfin qui ne manquent pas d'une
certaine douceur, et qu'il faut que ceux qui
les regardent sachent laisser couler. Au bout
d'un instant elle rouvrit les yeux avec un
sourire.

— Je vous remercie, me dit-elle, de m'a-
voir laissée pleurer.

— Je ne suis plus jaloux, lui répondis-je.

Elle se leva. — N'y a-t-il pas un second
étage? me dit-elle.

— Oui; il se compose d'un appartement
tout pareil à celui-ci.

— Et doit-il être occupé?

— C'est vous qui en déciderez.

— Il faut accepter la position qui nous est imposée par la destinée avec toute franchise. Aux yeux du monde vous êtes mon frère, il est tout simple que vous habitiez la maison que j'habite, tandis qu'on trouverait sans doute étrange que vous allassiez loger autre part. Cet appartement sera le vôtre. Descendons au jardin.

C'était un tapis vert avec une corbeille de fleurs. Nous en fîmes deux ou trois fois le tour en suivant une allée sablée et circulaire qui l'enveloppait; puis Pauline alla vers le massif et y cueillit un bouquet.

— Voyez donc ces pauvres roses, me dit-elle en revenant à moi, comme elles sont pâles et presque sans odeur. N'ont-elles pas l'air d'exilées qui languissent après leur pays? Croyez-vous qu'elles aussi ont une idée de ce que c'est que la patrie, et qu'en souffrant elles ont le sentiment de leur souffrance?

— Vous vous trompez, lui dis-je, ces fleurs
sont nées ici; cet air est l'atmosphère qui leur
convient; ce sont des filles du brouillard et
non de la rosée; un soleil plus ardent les brû-
lerait. D'ailleurs elles sont faites pour parer
des cheveux blonds et pour s'harmonier avec
le teint mat des filles du Nord. A vous, à vos
cheveux noirs il faudrait de ces roses ardentes
comme il en fleurit en Espagne. Nous irons
en chercher là quand vous en voudrez.

Pauline sourit tristement. — Oui, dit-elle,
en Espagne... en Suisse... en Italie... partout... excepté en France... Puis elle continua
de marcher sans parler davantage, effeuillant
machinalement les roses sur le chemin.

— Mais, lui dis-je, avez-vous donc à tout
jamais perdu l'espoir d'y rentrer?

— Ne suis-je pas morte?

— Mais en changeant de nom...

— Il me faudrait aussi changer de visage.

— Mais c'est donc bien terrible ce secret?

— C'est une médaille à deux faces, qui porte d'un côté du poison et de l'autre un échafaud. Écoutez, je vais vous raconter tout cela; il faut que vous le sachiez, et le plus tôt est le mieux. Mais vous, dites-moi d'abord par quel miracle de la Providence vous avez été conduit vers moi?

Nous nous assîmes sur un banc au-dessous d'un platane magnifique, qui couvrait de sa tente de feuillage une partie du jardin. Alors je commençai mon récit à partir de mon arrivée à Trouville. Je lui racontai tout : comment j'avais été surpris par l'orage et poussé sur la côte; comment, en cherchant un abri, j'étais entré dans les ruines de l'abbaye; comment, réveillé au milieu de mon sommeil par le bruit d'une porte, j'avais vu sortir un homme du souterrain; comment cet homme avait enfoui quelque chose sous une tombe,

et comment, dès lors, je m'étais douté d'un
mystère que j'avais résolu de pénétrer. Puis
je lui dis mon voyage à Dives, la nouvelle
fatale que j'y appris, la résolution désespérée
de la revoir une fois encore, mon étonnement
et ma joie en reconnaissant que le linceul
couvrait une autre femme qu'elle; enfin mon
expédition nocturne, la clef sous la tombe,
mon entrée dans le souterrain, mon bonheur
et ma joie en la retrouvant; et je lui racontai
tout cela avec cette expression de l'ame, qui,
sans prononcer le mot d'amour, le fait palpi-
ter dans chaque parole que l'on dit; et pendant que je parlais, j'étais heureux et ré-
compensé, car je voyais ce récit passionné
l'inonder de mon émotion, et quelques-
unes de mes paroles filtrer secrètement jusqu'à son cœur. Lorsque j'eus fini, elle me
prit la main, la serra entre les siennes sans
parler, me regarda quelque temps avec une
expression de reconnaissance angélique; puis
enfin, rompant le silence:

— Faites-moi un serment, me dit-elle.

— Lequel? parlez.

— Jurez-moi, sur ce que vous avez de plus sacré, que vous ne révélerez à qui que ce soit au monde ce que je vais vous dire, à moins que je ne sois morte, que ma mère ne soit morte, que le comte ne soit mort.

— Je le jure sur l'honneur, répondis-je.

— Et maintenant, écoutez, dit-elle.

# CHAPITRE VII.

# VII

Je n'ai pas besoin de vous dire quelle était ma famille ; vous la connaissez, ma mère, puis des parens éloignés, voilà tout : J'avais quelque fortune.

— Hélas ! oui, interrompis-je, et plût au ciel que vous eussiez été pauvre !

— Mon père, continua Pauline sans paraître remarquer le sentiment qui m'avait arraché mon exclamation, laissa en mourant quarante mille livres de rentes à peu près. Comme je suis fille unique, c'était une fortune. Je me présentai donc dans le monde avec la réputation d'une riche héritière.

— Vous oubliez, dis-je, celle d'une grande beauté, jointe à une éducation parfaite.

— Vous voyez bien que je ne puis pas continuer, me répondit Pauline en souriant, puisque vous m'interrompez toujours.

— Oh ! c'est que vous ne pouvez pas dire comme moi tout l'effet que vous produisites dans ce monde; c'est que c'est une partie de votre histoire que je connais mieux que vous-même; c'est que, sans vous en douter, vous étiez la reine de toutes les fêtes. Reine à la couronne d'hommages, invisible à vos seuls regards. C'est alors que je vous vis. La première fois, ce fut chez la princesse de Bel.... Tout ce qu'il y avait de talens et de célébri-

tés était réuni chez cette belle exilée de
Milan. On chanta ; alors nos virtuoses de salon
s'approchèrent tour à tour du piano. Tout
ce que l'instrumentation a de science et le
chant de méthode se réunirent d'abord pour
charmer cette foule de dilettanti, éton-
nés toujours de rencontrer dans le monde
ce fini d'exécution que l'on demande et qu'on
trouve si rarement au théâtre ; puis quelqu'un
parla de vous et prononça votre nom. Pourquoi mon cœur battit-il à ce nom que j'entendais pour la première fois ? La princesse
se leva, vous prit par la main, et vous conduisit presque en victime à cet autel de la mélodie : dites-moi encore pourquoi, en vous
voyant si confuse, eus-je un sentiment de
crainte comme si vous étiez ma sœur, moi
qui vous avais vue depuis un quart d'heure
à peine. Oh ! je tremblai plus que vous, peut-
être, et certes vous étiez loin de penser que
dans toute cette foule il y avait un cœur frère
de votre cœur, qui battait de votre crainte et

allait s'enivrer de votre triomphe. Votre
bouche sourit, les premiers sons de votre
voix, tremblans et incertains, se firent entendre ; mais bientôt les notes s'échappèrent
pures et vibrantes; vos yeux cessèrent de
regarder la terre et se fixèrent vers le ciel.
Cette foule qui vous entourait disparut, et je
ne sais même si les applaudissemens arrivèrent jusqu'à vous, tant votre esprit semblait
planer au-dessus d'elle; c'était un air de Bellini, mélodieux et simple, et cependant plein
de larmes, comme lui seul savait les faire. Je
ne vous applaudis pas, je pleurai. On vous
reconduisit à votre place au milieu des félici-
tations; moi seul n'osai m'approcher de vous ;
mais je me plaçai de manière à vous voir toujours. La soirée reprit son cours, la musique
continua d'en faire les honneurs, secouant
sur son auditoire enchanté ses ailes harmo-
nieuses et changeantes; mais je n'entendis
plus rien : depuis que vous aviez quitté le
piano, tous mes sens s'étaient concentrés

en un seul. Je vous regardais. Vous souvenez-
vous de cette soirée?

— Oui, je crois me la rappeler, dit Pauline.

— Depuis, continuai-je, sans penser que
j'interrompais son récit, depuis, j'entendis
encore une fois, non pas cet air lui-même,
mais la chanson populaire qui l'inspira. C'é-
tait en Sicile, vers le soir d'un de ces jours
comme Dieu n'en a fait que pour l'Italie et la Grèce; le soleil se couchait derrière Girgenti, la vieille Agrigente. J'étais
assis sur le revers d'un chemin; j'avais à ma
gauche, et commençant à se perdre dans
l'ombre naissante, toute cette plage couverte
de ruines, au milieu desquelles ses trois temples seuls restaient debout. Au-delà de cette
plage, la mer, calme et unie comme un miroir d'argent; j'avais à ma droite la ville se
détachant en vigueur sur un fond d'or, comme
un de ces tableaux de la première école flo-
rentine, qu'on attribue à Gaddi, ou qui sont
signés de Cimabué ou de Giotto. J'avais de-

vant moi une jeune fille qui revenait de la
fontaine, portant sur sa tête une de ces longues amphores antiques à la forme déli-
cieuse ; elle passait en chantant, et elle chantait cette chanson que je vous ai dite. Oh!
si vous saviez quelle impression je ressentis
alors! Je fermai les yeux, je laissai tomber
ma tête dans mes mains : mer, cité, temples,
tout disparut, jusqu'à cette fille de la Grèce,
qui venait comme une fée de me faire reculer
de trois ans et de me transporter dans le salon
de la princesse Bel..... Alors je vous revis ;
j'entendis de nouveau votre voix ; je vous regardai avec extase ; puis tout-à-coup une profonde douleur s'empara de mon ame; car vous
n'étiez déjà plus la jeune fille que j'avais tant
aimée, et qu'on appelait Pauline de Meulien;
vous étiez la comtesse Horace de Beuzeval.
Hélas !... hélas !

— Oh! oui, hélas! murmura Pauline.

Nous restâmes tous deux quelques instans

sans parler. Pauline se remit la première.

— Oui, ce fut le beau temps, le temps heureux de ma vie, continua-t-elle. Oh ! les jeunes filles, elles ne connaissent pas leur félicité ; elles ne savent pas que le malheur n'ose toucher au voile chaste qui les enveloppe et dont un mari vient les dépouiller. Oui, j'ai été heureuse pendant trois ans ; pendant trois ans ce fut à peine si ce soleil brillant de mes jeunes années s'obscurcit un jour, et si une de ces émotions innocentes que les jeunes filles prennent pour de l'amour y passa comme un nuage. L'été, nous allions dans notre château de Meulien ; l'hiver, nous revenions à Paris. L'été se passait au milieu des fêtes de la campagne, et l'hiver suffisait à peine aux plaisirs de la ville. Je ne pensais pas qu'une vie si pure et si sereine pût jamais s'assombrir. J'avançai joyeuse et confiante ; nous atteignîmes ainsi l'automne de 1830.

Nous avions pour voisine de velleggiature

madame de Lucienne, dont le mari avait été
grand ami de mon père; elle nous invita un
soir, ma mère et moi, à passer la journée du
lendemain à son château. Son mari, son fils
et quelques jeunes gens de Paris s'y étaient
réunis pour chasser le sanglier, et un grand
diner devait célébrer la victoire du moderne
Méléagre. Nous nous rendîmes à son invitation.

Lorsque nous arrivâmes, les chasseurs
étaient déjà partis; mais comme le parc était
fermé de murs, nous pouvions facilement les
rejoindre; d'ailleurs, de temps en temps, nous
devions entendre le son du cor, et en nous
rendant vers lui nous pouvions prendre tout
le plaisir de la chasse sans en risquer la fatigue; M. de Lucienne était resté pour nous
tenir compagnie, à sa femme, à sa fille, à ma
mère et à moi; Paul, son fils, dirigeait la
chasse.

A midi, le bruit du cor se rapprocha sensiblement ; nous entendîmes sonner plus souvent le même air : M. de Lucienne nous dit que c'était la vue ; que le sanglier se fatiguait, et que, si nous voulions, il était temps de monter à cheval ; dans ce moment, un des chasseurs arrive au grand galop, venant nous chercher de la part de Paul, le sanglier ne pouvant tarder à faire tête aux chiens. M. de Lucienne prit une carabine qu'il pendit à l'arçon de sa selle ; nous montâmes à cheval tous trois, et nous partîmes. Nos deux mères, de leur côté, se rendirent à pied dans un pavillon autour duquel tournait la chasse.

Nous ne tardâmes point à la rejoindre, et, quelle qu'ait été ma répugnance d'abord à prendre part à cet événement, bientôt le bruit du cor, la rapidité de la course, les aboiemens des chiens, les cris des chasseurs nous atteignirent nous-mêmes, et nous galopâmes, Lucie et moi, moitié riant, moitié tremblant, à l'égal des plus habiles cavaliers. Deux ou

trois fois nous vîmes le sanglier traverser des
allées, et chaque fois les chiens le suivaient
plus rapprochés. Enfin il alla s'appuyer contre un gros chêne, se retourna et fit tête à
la meute. C'était au bord d'une clairière sur
laquelle donnaient justement les fenêtres du
pavillon; de sorte que madame de Lucienne
et ma mère se trouvèrent parfaitement pour
ne rien perdre du dénouement.

Les chasseurs étaient placés en cercle à
quarante ou cinquante pas de distance du lieu
où se livrait le combat; les chiens, excités
par une longue course, s'étaient jetés tous
sur le sanglier, qui avait presque disparu sous
leur masse mouvante et tachetée. De temps
en temps un des assaillans était lancé à
huit ou dix pieds de hauteur, et retom-
bait en hurlant et tout ensanglanté; puis
il se rejetait au milieu de la meute, et, tout
blessé qu'il était, revenait contre son ennemi. Ce combat dura un quart d'heure à

peine, et plus de dix ou douze chiens étaient déjà blessés mortellement. Ce spectacle sanglant et cruel devenait pour moi un supplice, et le même effet était produit, à ce qu'il paraît, sur les autres spectateurs; car j'entendis la voix de madame de Lucienne qui criait : — Assez, assez; je t'en prie, Paul, assez. — Aussitôt Paul sauta en bas de son cheval, sa carabine à la main, fit quelques pas à pied vers le sanglier, l'ajusta au milieu des chiens et fit feu.

Au même instant, car ce qui se passa fut rapide comme un éclair, la meute s'ouvrit, le sanglier blessé passa au milieu d'elle, et avant que madame de Lucienne elle-même eût eu le temps de jeter un cri, il était sur Paul; Paul tomba renversé, et l'animal furieux, au lieu de suivre sa course, s'arrêta acharné sur son nouvel ennemi.

Il y eut alors un silence terrible; madame de Lucienne, pâle comme la mort, les bras

tendus vers son fils, essayait de parler et
murmurait d'une voix presque inintelligible :
Sauvez-le! sauvez-le! M. de Lucienne, qui
était le seul armé, prit sa carabine et voulut
ajuster l'animal; mais Paul était dessous, la
plus légère déviation de la balle, et le père
tuait le fils. Un tremblement convulsif s'empara de lui; il vit son impuissance, et laissant
tomber son arme, il courut vers Paul en
criant : Au secours! au secours! Les autres
chasseurs le suivirent. Au même instant, un
jeune homme s'élança à bas de cheval, sauta
sur le fusil, et de cette voix ferme et puissante qui commande : Place! cria-t-il. Les
chasseurs s'écartèrent pour laisser passer le
messager de mort qui devait arriver avant
eux. Ce que je viens vous dire s'était passé
en moins d'une minute.

Tous les yeux se fixèrent aussitôt sur le tireur et sur le terrible but qu'il avait choisi;
quant à lui, il était ferme et calme, comme

s'il eût eu sous les yeux une simple cible. Le
canon de la carabine se leva lentement de terre;
puis, arrivé à une certaine hauteur, le chasseur et le fusil devinrent immobiles comme
s'ils étaient de pierre; le coup partit, et le sanglier blessé à mort roula à deux ou trois pas
de Paul, qui, débarrassé de son adversaire, se
releva sur un genou son couteau de chasse à
la main. Mais c'était inutile, la balle avait été
guidée par un œil trop sûr pour qu'elle ne fût
pas mortelle. M^{me} de Lucienne jeta un cri et
s'évanouit, Lucie s'affaissa sur son cheval et
serait tombée si l'un des piqueurs ne l'eût sou-
tenue: je sautai à bas du mien et je courus vers
M^{me} de Lucienne; quant aux chasseurs, ils
étaient tous autour de Paul et du sanglier
mort, à l'exception du tireur, qui, le coup
parti, reposa tranquillement sa carabine
contre le tronc d'un arbre.

M^{me} de Lucienne revint à elle dans les bras
de son fils et de son mari : Paul n'avait qu'une

légère blessure à la cuisse, tant s'était passé
rapidement ce que je viens de vous raconter.
La première émotion effacée, M^me de Lucienne
regarda autour d'elle : elle avait toute sa gra-
titude maternelle à exprimer à un homme ;
elle cherchait le chasseur qui avait sauvé son
fils. M. de Lucienne devina son intention et le
lui amena. M^me de Lucienne lui saisit la main,
voulut le remercier, fondit en larmes, et ne
put prononcer que ces mots : Oh ! M. de Beuzeval !....

— C'était donc lui ? m'écriai-je.
— Oui, c'était lui. Je le vis ainsi pour la première fois, entouré de la reconnaissance d'une
famille entière et de tout le prestige de l'é-
motion que m'avait causée cette scène dont il
avait été le héros. C'était un jeune homme
pâle, et plutôt petit que grand, avec des yeux
noirs et des cheveux blonds. Au premier aspect, il paraissait à peine avoir vingt ans ; puis
en regardant plus attentivement on voyait

quelques légères rides partir du coin de la
paupière en s'élargissant vers les tempes, tandis qu'un pli imperceptible lui traversait le
front, indiquant, au fond de son esprit ou de
son cœur, la présence habituelle d'une pensée
sombre; des lèvres pâles et minces, de belles
dents et des mains de femme complétaient
cet ensemble, qui, au premier abord, m'inspira plutôt un sentiment de répulsion que de
sympathie; tant était froide, au milieu de
l'exaltation générale, la figure de cet homme
qu'une mère remerciait de lui avoir conservé
son fils.

La chasse était finie : on revint au château.
En rentrant au salon, le comte Horace de Beuzeval s'excusa de ne pouvoir rester plus long-
temps; mais il avait un engagement pris pour
dîner à Paris. On lui fit observer qu'il avait
quinze lieues à faire et quatre heures à peine
pour arriver à temps; le comte répondit en
souriant que son cheval avait pris à son ser-

vice l'habitude de ces sortes de courses, et donna ordre à son domestique de le lui amener.

Ce domestique était un Malais que le comte
Horace avait ramené d'un voyage qu'il avait fait
dans l'Inde pour recueillir une succession considérable, et qui avait conservé le costume de son
pays. Quoiqu'il fût en France depuis trois ans,
il ne parlait que sa langue maternelle, dont
le comte savait quelques mots à l'aide desquels
il se faisait servir ; il obéit avec une promptitude merveilleuse, et à travers les carreaux du salon nous vîmes bientôt piaffer
les deux chevaux, sur la race desquels tous ces
messieurs se récrièrent : c'était en effet, autant
que j'en pus juger, deux magnifiques ani-
maux ; aussi le prince de Condé avait eu le
désir de les avoir ; mais le comte Horace avait
doublé le prix que l'altesse royale voulait y
mettre, et il les lui avait enlevés.

Tout le monde reconduisit le comte jus-

qu'au perron. M^me de Lucienne semblait n'a-
voir pas eu le temps de lui exprimer toute sa
reconnaissance, et elle lui serrait les mains en
le suppliant de revenir. Le comte le promit en
jetant un regard rapide qui me fit baisser les
yeux comme un éclair, car, je ne sais pourquoi,
il me sembla qu'il m'était adressé; lorsque je
relevai la tête, le comte était à cheval, il s'inclina une dernière fois devant M^me de Lucienne, nous fit un salut général, adressa de la main
un signe d'amitié à Paul, et lâchant la bride à
son cheval, qui l'emporta au galop, il disparut
en quelques secondes au tournant du chemin.

Chacun était resté à la même place, le regardant en silence; car il y avait dans cet
homme quelque chose d'extraordinaire qui
commandait l'attention. On sentait une de ces
organisations puissantes que souvent la nature, comme par caprice, s'amuse à enfermer
dans un corps qui semble trop faible pour la
contenir : aussi le comte paraissait-il un composé de contrastes. Pour ceux qui ne le connais-

saient pas, il avait l'apparence faible et lan-
guissante d'un homme atteint d'une maladie
organique; pour ses amis et ses compagnons,
c'était un homme de fer, résistant à toutes les
fatigues, surmontant toutes les émotions,
domptant tous les besoins : Paul l'avait vu passer des nuits entières, soit au jeu, soit à table;
et le lendemain, tandis que ses convives de
table ou de jeu dormaient, partir, sans avoir
pris une heure de sommeil, pour une chasse
ou pour une course avec de nouveaux compagnons, qu'il lassait comme les premiers, sans
que la fatigue se manifestât chez lui autrement
que par une pâleur plus grande et une toux
sèche qui lui était habituelle, mais qui, dans
ce cas, devenait plus fréquente.

Je ne sais pourquoi, j'écoutai tous ces détails avec un intérêt infini; sans doute la scène
dont j'avais été témoin, le sang-froid dont le
comte avait fait preuve, l'émotion toute ré-
cente que j'avais éprouvée, étaient cause de

cette attention que je prêtais à tout ce qu'on
racontait de lui. Au reste, le calcul le plus
habile n'eût rien inventé de mieux que ce départ subit, qui laissait en quelque sorte le
château désert, tant celui qui s'était éloigné
avait produit une immense impression sur ses
habitans.

On annonça que le diner était servi. La
conversation, interrompue pendant quelque
temps, reprit au dessert une nouvelle activité,
et, comme pendant toute l'après-midi, le comte
en fut l'objet; alors, soit que cette constante
attention pour un seul parût à quelques-uns
désobligeante pour les autres, soit qu'en effet
plusieurs des qualités qu'on lui accordait fussent contestables, une légère discussion s'éleva
sur son existence étrange, sur sa fortune, dont
la source était inconnue, et sur son courage,
que l'un des convives attribuait à sa grande
habileté à manier l'épée et le pistolet. Paul
se fit alors tout naturellement le défenseur de

celui qui lui avait sauvé la vie. L'existence du
comte Horace était celle de presque tous les
hommes à la mode; sa fortune venait de la
succession d'un oncle de sa mère, qui était resté
quinze ans dans l'Inde. Quant à son courage,
c'était, à son avis, la chose la moins contesta-
ble; car non seulement il avait fait ses preuves
dans quelques duels dont il était toujours sorti
à peu près sain et sauf, mais encore en d'autres
circonstances. Paul alors en raconta plusieurs,
dont une surtout se grava profondément dans
mon esprit.

Le comte Horace, en arrivant à Goa, trouva
son oncle mort; mais un testament avait été
fait en sa faveur, de sorte qu'aucune contes-
tation n'eut lieu, et quoique deux jeunes
Anglais parens du défunt, car la mère du comte
était Anglaise, se trouvassent héritiers au
même degré que lui, il se vit seul en possession de l'héritage qu'il venait réclamer. Au
reste, ces deux jeunes Anglais étaient riches;

tous deux au service et occupant des grades
dans l'armée britannique en garnison à Bombay. Ils reçurent donc leur cousin, sinon avec
affection, du moins avec politesse, et avant son
départ pour la France ils lui offrirent avec
leurs camarades, officiers du régiment où ils
servaient, un diner d'adieu que le comte Horace accepta.

Il était plus jeune de quatre ans à cette
époque, et en paraissait à peine dix-huit, quoiqu'il en eût réellement vingt-cinq; sa taille
élégante, son teint pâle, la blancheur de ses
mains, lui donnaient l'apparence d'une femme
déguisée en homme. Aussi, au premier coup
d'œil, les officiers anglais mesurèrent-ils
le courage de leur convive à son apparence.
Le comte, de son côté, avec cette rapidité de
jugement qui le distingue, comprit aussitôt
l'effet qu'il avait produit, et certain de l'intention railleuse de ses hôtes, se tint en garde,
résolu à ne pas quitter Bombay sans y laisser

un souvenir quelconque de son passage. En se
mettant à table, les deux jeunes officiers demandèrent à leur parent s'il parlait anglais;
mais, quoique le comte connût cette langue
aussi bien que la nôtre, il répondit modeste-
ment qu'il n'en entendait pas un mot, et
pria ces messieurs de vouloir bien, lorsqu'ils
désireraient qu'il y prît part, soutenir la conversation en français.

Cette déclaration donna une grande lati-
tude aux convives, et dès le premier service
le comte s'aperçut qu'il était l'objet d'une
raillerie continue. Cependant il dévora tout
ce qu'il entendit, le sourire sur les lèvres et la
gaîté dans les yeux; seulement ses joues devinrent plus pâles, et deux fois ses dents brisè-
rent les bords du verre qu'il portait à sa bouche. Au dessert le bruit redoubla avec le vin
de France, et la conversation tomba sur la
chasse; alors on demanda au comte quel
genre de gibier il chassait en France, et de

quelle manière il le chassait. Le comte, décidé à poursuivre son rôle jusqu'au bout, répondit qu'il chassait tantôt en plaine et avec
le chien d'arrêt la perdrix et le lièvre, tantôt
au bois et à courre, le renard et le cerf.

— Ah ! ah ! dit en riant un des convives,
vous chassez le lièvre, le renard et le cerf? Eh
bien ! nous, ici, nous chassons le tigre.

—Et de quelle manière? dit le comte Horace avec une bonhomie parfaite.

— De quelle manière? répondit un autre ;
mais montés sur des éléphans, et avec des esclaves, dont les uns, armés de piques et de ha-
ches, font face à l'animal, tandis que les autres
nous chargent nos fusils, et que nous tirons.

—Ce doit être un charmant plaisir, répondit le comte.

— Il est malheureux, dit l'un des jeunes
gens, que vous partiez si vite, mon cher cousin... nous aurions pu vous le procurer...

— Vrai, reprit Horace, je regrette bien

sincèrement de manquer une pareille occasion; et s'il ne fallait pas attendre trop long-
temps, je resterais.

— Mais, répondit le premier, cela tombe
à merveille. Il y a justement à trois lieues
d'ici, dans un marais qui longe les montagnes
et qui s'étend du côté de Surate, une tigresse
et ses petits. Des Indiens à qui elle a enlevé des
moutons nous en ont prévenus hier seulement; nous voulions attendre que les petits
fussent plus forts, afin de faire une chasse en
règle; mais puisque nous avons une si bonne
occasion de vous être agréable, nous avance-
rons l'expédition d'une quinzaine de jours.

— Je vous en suis tout-à-fait reconnaissant,
dit en s'inclinant le comte; mais est-il bien
certain que la tigresse soit où on la croit?

— Il n'y a aucun doute.

— Et sait-on précisément à quel endroit
est son repaire?

— C'est facile à voir en montant sur un
rocher qui domine le marais, ses chemins sont

tracés au milieu des roseaux brisés, et tous aboutissent à un centre, comme les rayons d'une étoile.

— Eh bien! dit le comte en remplissant son verre et en se levant comme pour porter une santé, — à celui qui ira tuer la tigresse au milieu de ses roseaux, entre ses deux petits, seul, à pied, et sans autre arme que ce poignard! A ces mots, il prit à la ceinture d'un esclave un poignard malais, et le posa sur la table.

— Êtes-vous fou? dit un des convives.

— Non, messieurs, je ne suis pas fou, répondit le comte avec une amertume mêlée de mépris, et la preuve, c'est que je renouvelle mon toast. Écoutez donc bien, afin que celui qui voudra l'accepter sache à quoi il s'engage en vidant son verre : A celui, dis-je, qui ira tuer la tigresse au milieu de ses roseaux, entre ses deux petits, seul, à pied, et sans autre arme que ce poignard.

Il se fit un moment de silence, pendant le-

quel le comte interrogea successivement tous
les yeux, qui tous se baissèrent.

— Personne ne répond? dit-il avec un sourire ; personne n'ose accepter mon toast...
personne n'a le courage de me faire raison...
Eh bien! alors, c'est moi qui irai... et si
je n'y vais pas, vous direz que je suis un
misérable, comme je dis que vous êtes des
lâches.

A ces mots, le comte vida son verre, le reposa tranquillement sur la table, et s'avançant vers la porte : — A demain, messieurs ;
dit-il; et il sortit.

Le lendemain, à six heures du matin, il
était prêt pour cette terrible chasse, lorsque
ses convives entrèrent dans sa chambre. Ils
venaient le supplier de renoncer à son entre-
prise, dont le résultat ne pouvait manquer
d'être mortel pour lui. Mais le comte ne vou-

lut rien entendre. Ils reconnurent d'abord
qu'ils avaient eu tort la veille, que leur conduite était celle de jeunes fous. Le comte les
remercia de leurs excuses, mais refusa de les
accepter. Ils lui offrirent alors de choisir l'un
d'eux, et de se battre avec lui, s'il se croyait
trop offensé pour que la chose pût se passer
sans réparation. Le comte répondit avec iro-
nie que ses principes religieux lui défendaient
de verser le sang de son prochain; que, de
son côté, il retirait les paroles amères qu'il
avait dites; mais que, quant à cette chasse,
rien au monde ne pouvait l'y faire renoncer.
A ces mots, il invita ces messieurs à monter à
cheval et à le suivre; les prévenant, au reste,
que, s'ils ne voulaient pas l'honorer de leur
compagnie, il n'irait pas moins attaquer la
tigresse tout seul. Cette décision était pro-
noncée d'une voix si ferme, et paraissait tellement inébranlable, qu'ils ne tentèrent même
plus de l'y faire renoncer, et que, montant à
cheval de leur côté, ils vinrent le rejoindre à

la porte orientale de la ville, où le rendez-
vous avait été donné.

La cavalcade s'achemina en silence vers
l'endroit indiqué ; chacun des cavaliers s'était
muni d'un fusil à deux coups ou d'une carabine. Le comte seul était sans armes ; son costume, parfaitement élégant, était celui d'un
jeune homme du monde qui va faire sa promenade du matin au bois de Boulogne. Tous
les officiers se regardaient avec étonnement,
ne pouvant croire qu'il conserverait ce sang-
froid jusqu'à la fin.

En arrivant sur la lisière du marais, les
officiers firent un nouvel effort pour dissuader
le comte d'aller plus avant. Au milieu de la
discussion, et comme pour leur venir en aide,
un rugissement se fit entendre, parti de quelques centaines de pas à peine ; les chevaux,
inquiets, piaffèrent et hennirent.

— Vous voyez, messieurs, dit le comte, il

est trop tard, nous sommes reconnus, l'animal sait que nous sommes là ; et je ne veux pas en quittant l'Inde, que je ne reverrai probablement jamais, laisser une fausse opinion de moi, même à un tigre. En avant, messieurs ! — Et le comte poussa son cheval pour gagner, en longeant les marais, le rocher du haut duquel on dominait les roseaux où la tigresse avait mis bas.

En arrivant au pied du rocher, un second rugissement se fit entendre, mais si fort et si rapproché, que l'un des chevaux fit un écart et que son cavalier manqua d'être désarçonné ; tous les autres, l'écume à la bouche, les naseaux ouverts et l'œil hagard, frissonnaient et tremblaient sur leurs quatre pieds comme s'ils venaient de sortir de l'eau glacée. Alors les cavaliers descendirent, les montures furent confiées aux domestiques, et le comte, le premier, commença de gravir le point élevé du haut duquel il comptait examiner le terrain.

En effet, du sommet du rocher il suivait des yeux, aux roseaux brisés, la trace du terrible animal qu'il allait combattre; des espèces de chemins, larges de deux pieds à peu près, étaient frayés dans les hautes herbes, et chacun, comme l'avaient dit les officiers, aboutissait à un centre, où les plantes, tout-à-fait battues, formaient une clairière. Un troisième rugissement, qui partait de cet endroit, vint dissiper tous les doutes, et le comte sut où il devait aller chercher son ennemi.

Alors le plus âgé des officiers s'approcha de nouveau du comte; mais celui-ci, devinant son intention, lui fit froidement signe de la main que tout était inutile. Puis il boutonna sa redingote, pria l'un de ses cousins de lui prêter l'écharpe de soie qui lui serrait la taille pour s'envelopper le bras gauche; fit signe au Malais de lui donner son poignard, se le fit assurer autour de la main avec un foulard mouillé; alors,

posant son chapeau à terre, il releva gracieu-
sement ses cheveux, et par le chemin le plus
court s'avança vers les roseaux, au milieu desquels il disparut à l'instant, laissant ses compagnons s'entre-regardant épouvantés, et ne
pouvant croire encore à une pareille audace.

Quant à lui, il s'avança lentement et avec
précaution par le chemin qu'il avait pris, et
qui était tracé si directement qu'il n'y avait
à s'écarter ni à droite ni à gauche. Au
bout de deux cents pas à peu près, il entendit un rauquement sourd, qui lui annonçait
que son ennemie était sur ses gardes, et que
s'il n'avait point été vu encore il était déjà
éventé; cependant il ne s'arrêta qu'une seconde, et aussitôt que le bruit eut cessé il continua de marcher. Au bout de cinquante pas
à peu près, il s'arrêta de nouveau; il lui semblait que, s'il n'était pas arrivé, il devait au
moins être bien près, car il touchait à la clairière, et cette clairière était parsemée d'osse-

mens, dont quelques-uns conservaient encore des lambeaux de chair sanglante. Il regarda donc circulairement autour de lui, et dans un enfoncement pratiqué dans l'herbe et pareil à une voûte de quatre ou cinq pieds de profondeur il aperçut la tigresse couchée à moitié, la gueule béante et les yeux fixés sur lui ; ses petits jouaient sous son ventre comme de jeunes chats.

Ce qui se passa dans son ame à cette vue, lui seul peut le dire ; mais son ame est un abîme d'où rien ne sort. Quelque temps la tigresse et lui se regardèrent immobiles ; et, voyant que de peur de quitter ses petits, sans doute, elle ne venait pas à lui, ce fut lui qui alla vers elle.

Il en approcha ainsi jusqu'à la distance de quatre pas ; puis, voyant qu'enfin elle faisait un mouvement pour se soulever, il se rua sur elle. Ceux qui regardaient et écoutaient en-

tendirent à la fois un rugissement et un cri;
ils virent pendant quelques secondes les roseaux s'agiter; puis le silence et la tranquillité
leur succédèrent : tout était fini.

Ils attendirent un instant pour voir si le
comte reviendrait; mais le comte ne revint
pas. Alors ils eurent honte de l'avoir laissé
entrer seul, et se décidèrent, puisqu'ils n'a-
vaient pas sauvé sa vie, à sauver du moins son
cadavre. Ils s'avancèrent dans le marais tous
ensemble et pleins d'ardeur, s'arrêtant de
temps en temps pour écouter, puis se remettant aussitôt en chemin; enfin ils arrivèrent
à la clairière et trouvèrent les deux adversaires couchés l'un sur l'autre : la tigresse
était morte, et le comte évanoui. Quant aux
deux petits, trop faibles pour dévorer le corps,
ils léchaient le sang.

La tigresse avait reçu dix-sept coups de
poignard, le comte un coup de dent qui lui

avait brisé le bras gauche, et un coup de griffe qui lui avait déchiré la poitrine.

Les officiers emportèrent le cadavre de la tigresse et le corps du comte; l'homme et l'animal rentrèrent à Bombay couchés à côté l'un de l'autre et portés sur le même brancard. Quant aux petits tigres, l'esclave malais les avait garrottés avec la percale de son turban, et ils pendaient aux deux côtés de sa selle.

Lorsqu'au bout de quinze jours le comte se leva, il trouva devant son lit la peau de la tigresse avec des dents en perles, des yeux en rubis et des ongles d'or : c'était un don des officiers du régiment dans lequel servaient ses deux cousins.

# CHAPITRE VIII.

# VIII

Ces récits firent une impression profonde
dans mon esprit. Le courage est une des plus
grandes séductions de l'homme sur la femme :
est-ce à cause de notre faiblesse et parce que,
ne pouvant rien par nous-mêmes, il nous faut
éternellement un appui? Aussi quelque chose
que l'on eût dite au désavantage du comte

Horace, le seul souvenir qui resta dans mon esprit fut celui de cette double chasse, à l'une desquelles j'avais assisté. Cependant ce n'était pas sans terreur que je pensais à ce sang-froid terrible auquel Paul devait la vie. Combien de combats terribles s'étaient passés dans ce cœur avant que la volonté fût arrivée à comprimer à ce point ses pulsations, et un bien long incendie avait dû dévorer cette ame avant que sa flamme ne devînt toute cendre et que sa lave ne se changeât en glace.

Le grand malheur de notre époque est la recherche du romanesque et le mépris du simple. Plus la société se dépoétise, plus les imaginations actives demandent cet extraordinaire, qui tous les jours disparaît du monde pour se réfugier au théâtre ou dans les romans; de là, cet intérêt fascinateur qu'exercent sur tout ce qui les entoure les caractères exceptionnels. Vous ne vous étonnerez donc pas que l'image du comte Horace, s'offrant à l'esprit d'une jeune fille entourée de ce prestige, soit restée dans son imagination, où si peu d'événemens avaient encore laissé leur trace. Aussi, lorsque, quelques jours après la scène que je viens de vous raconter, nous vîmes arriver deux cavaliers par la grande allée du château, et qu'on annonça M. Paul de Lucienne et M. le comte Horace de Beuzeval, pour la première fois de ma vie je sentis mon cœur battre à un nom, un nuage me passa sur les yeux, et je me levai avec l'intention de fuir; ma mère me retint, ces messieurs entrèrent.

Je ne sais ce que je leur dis d'abord; mais certes je dus paraître bien timide et bien gauche; car lorsque je levai les yeux, ceux du comte Horace étaient fixés sur moi avec une expression étrange et que je n'oublierai jamais; cependant, peu à peu, j'écartai cette préoccupation et je redevins moi-même; alors je pus le regarder et l'écouter comme si je regardais et j'écoutais Paul.

Je lui retrouvai la même figure impassible, le même regard fixe et profond qui m'avait tant impressionné et de plus une voix douce, que comme ses mains et ses pieds, paraissait bien plus appartenir à une femme qu'à un homme ; cependant, lorsqu'il s'animait, cette voix prenait une puissance qui semblait incompatible avec les premiers sons qu'elle avait proférés : Paul, en ami reconnaissant, avait mis la conversation sur un sujet propre à faire valoir le comte ; il parla de ses voyages. Le comte hésita un instant à se laisser entraîner à cette séduction d'amour-propre ; on eût dit qu'il craignait de s'emparer de la conversation et de substituer le *moi* aux généralités banales des premières entrevues ; mais bientôt le souvenir des lieux parcourus se présenta à sa mémoire, la vie pittoresque des contrées sauvages entra en lutte avec l'existence monotone des pays civilisés et déborda sur elle ; le comte se retrouva tout entier au milieu de la végétation luxuriante de l'Inde et des aspects merveilleux des Maldives. Il nous raconta ses courses dans le golfe du Bengale, ses combats avec les pirates malais; il se laissa emporter à la peinture brillante de cette vie animée, où chaque heure apporte une émotion à l'esprit ou au cœur; il fit passer sous nos yeux les phases tout entières de cette existence primitive, où l'homme dans sa liberté et dans sa force, étant, selon qu'il veut l'être, esclave ou roi, n'a de liens que son caprice, de bornes que l'horizon, et lorsqu'il étouffe sur la terre, déploie les voiles de ses vaisseaux, comme les ailes d'un aigle, et va demander à l'Océan la solitude et l'immensité; puis, il retomba d'un seul bond au milieu de notre société usée, où tout est mesquin, crimes et vertu, où tout est factice, visage et ame, où, esclaves emprisonnés dans les lois, captifs garrottés dans les convenances, il y a pour chaque heure du jour de petits devoirs à accomplir, pour chaque partie de la matinée des formes d'habits et des couleurs de gants à adopter, et cela sous peine de

ridicule, c'est-à-dire de mort; car le ridicule
en France tache un nom plus cruellement
que ne le fait la boue ou le sang.

Je ne vous dirai pas, ce qu'il y avait d'élo-
quence amère, ironique et mordante contre notre société dans cette sortie du comte :
c'était véritablement, aux blasphèmes près,
une de ces créations de poètes, Manfred ou
Karl Moor; c'était une de ces organisations
orageuses se débattant au milieu des plates et
communes exigences de notre société; c'était
le génie aux prises avec le monde, et qui, vainement enveloppé dans ses lois, ses convenances, et ses habitudes, les emporte avec
lni, comme un lion ferait de misérables filets
tendus pour un renard ou pour un loup.

J'écoutais cette philosophie terrible, comme
j'aurais lu une page de Byron ou de Goë-
the : c'était la même énergie de pensée, re-
haussée de toute la puissance de l'expression.

Alors cette figure si impassible avait jeté son
masque de glace; elle s'animait à la flamme du
cœur, et ses yeux lançaient des éclairs: alors
cette voix si douce prenait successivement des
accens éclatans et sombres; puis tout-à-coup
enthousiasme ou amertume, espérance ou mépris, poésie ou matière, tout cela se fondait
dans un sourire comme je n'en avais point vu
encore, et qui contenait à lui seul plus de désespoir et de dédain que n'aurait pu le faire le
sanglot le plus douloureux.

Après une visite d'une heure, Paul et le
comte nous quittèrent. Lorsqu'ils furent sortis, nous nous regardâmes un instant ma mère
et moi, en silence, et je me sentis le cœur sou-
lagé d'une oppression énorme : la présence de
cet homme me pesait comme celle de Méphis-
tophélès à Marguerite : l'impression qu'il avait
produite sur moi était si visible que ma mère
se mit à le défendre sans que je l'attaquasse ;
depuis long-temps elle avait entendu parler

du comte, et comme sur tous les hommes re-
marquables, le monde émettait sur lui les ju-
gemens les plus opposés. Ma mère au reste le
regardait d'un point de vue complétement dif-
férent du mien, tous ces sophismes émis si hardiment par le comte lui paraissaient un jeu d'esprit et voilà tout, une espèce de médisance contre la société, comme tous les jours on en dit
contre les individus. Ma mère ne le mettait donc
ni si haut ni si bas que je le faisais intérieure-
ment ; il en résultat que cette différence d'opinion que je ne voulais pas combattre me détermina à paraître ne plus m'occuper de lui. Au
bout de dix minutes, je prétextai un léger mal
de tête, et je descendis dans le parc, là rien ne
vint distraire mon esprit de sa préoccupation,
et je n'avais pas fait cent pas que je fus forcée
de m'avouer à moi-même que je n'avais pas
voulu parler du comte afin de mieux penser à
lui. Cette conviction m'effraya ; je n'aimais pas
le comte cependant, car, à l'annonce de sa présence, mon cœur eût certes plutôt battu de

crainte que de joie; pourtant je ne le craignais
pas non plus, ou logiquement je ne devais pas
le craindre, car enfin en quoi pouvait-il in-
fluer sur ma destinée? Je l'avais vu une fois par
hasard, une seconde fois par politesse, je ne le
reverrais peut-être jamais; avec son caractère
aventureux et son goût des voyages il pouvait
quitter la France d'un moment à l'autre, alors
son passage dans ma vie était une apparition,
un rêve, et voilà tout; quinze jours, un mois,
un an écoulés, je l'oublierais. En attendant,
lorsque la cloche du dîner retentit, elle me
surprit au milieu des mêmes pensées et me fit
tressaillir de sonner si vite ; les heures avaient
passé comme des minutes.

En rentrant au salon, ma mère me remit
une invitation de la comtesse M..., qui était
restée à Paris malgré l'été, et qui donnait, à
propos de l'anniversaire de la naissance de sa
fille, une grande soirée, moitié dansante, moitié musicale. Ma mère, toujours excellente

pour moi, voulait me consulter avant de répondre. J'acceptai avec empressement : c'était
une distraction puissante à l'idée qui m'obsé-
dait ; en effet nous n'avions que trois jours
pour nous préparer, et ces trois jours suffi-
saient si strictement aux préparatifs du bal,
qu'il était évident que le souvenir du comte se
perdrait, ou du moins s'éloignerait dans les
préoccupations si importantes de la toilette.
De mon côté, je fis tout ce que je pus pour arriver à ce résultat : je parlai de cette soirée
avec une ardeur que ne m'avait jamais vue ma
mère, je demandai à revenir le même soir à
Paris, sous prétexte que nous avions à peine le
temps de commander nos robes et nos fleurs,
mais en effet parce que le changement de lieu
devait, il me le semblait du moins, m'aider encore dans ma lutte contre mes souvenirs. Ma
mère céda à toutes mes fantaisies avec sa bonté
ordinaire : après le dîner nous partîmes.

Je ne m'étais pas trompée, les soins que je

fus obligée de donner aux préparatifs de cette
soirée, un reste de cette insouciance joyeuse
de jeune fille, que je n'avais pas perdue encore, l'espoir d'un bal, dans une saison où il
y en a si peu, firent diversion à mes terreurs
insensées, et éloignèrent momentanément le
fantôme qui me poursuivait. Le jour désiré
arriva enfin; il s'écoula pour moi dans une espèce de fièvre d'activité, que ma mère ne m'a-
vait jamais connue; elle était tout heureuse
de la joie que je me promettais. Pauvre mère!

Dix heures sonnèrent, j'étais prête depuis
vingt minutes, je ne sais comment cela s'était
fait: moi, toujours en retard, c'était moi qui,
ce soir-là, attendais ma mère. Nous partîmes
enfin; presque toute notre société d'hiver
était revenue comme nous à Paris pour cette
fête. Je retrouvai mes amies de pension
mes danseurs d'habitude, et jusqu'à ce plaisir vif et joyeux de jeune fille, qui, depuis
un an ou deux déjà, commençait à s'amortir.

Il y avait un monde fou dans les salons de danse ; pendant un moment de repos, la comtesse M.... me prit par le bras, et pour fuir la chaleur étouffante qu'il faisait, m'emmena dans les chambres de jeu ; c'était en même temps une inspection curieuse à faire ; toutes les célébrités artistiques, littéraires et politiques de l'époque étaient là ; j'en connaissais beaucoup déjà ; mais cependant quelques-unes encore m'étaient étrangères. M^me M... me les nommait avec une complaisance charmante, accompagnant chaque nom d'un commentaire que lui eût souvent envié le plus spirituel feuilletoniste, quand tout-à-coup, en entrant dans un salon, je tressaillis en laissant échapper malgré moi ces mots : — Le comte Horace !

— Eh bien oui, le comte Horace, me dit M^me M... en souriant ; le connaissez-vous ?

— Nous l'avons rencontré chez M^me de Lucienne, à la campagne.

—Ah ! oui, reprit la comtesse, j'ai entendu

parler d'une chasse, d'un ac ident arrivé
à M. de Lucienne fils, n'est-ce pas? En ce moment le comte leva les yeux et nous aperçut.
Quelque chose comme un sourire passa sur ses
lèvres.

— Messieurs, dit-il aux trois joueurs qui
faisaient sa partie, voulez-vous me permettre
de me retirer? Je me charge de vous envoyer
un quatrième.

— Allons donc, dit Paul, tu nous gagnes
quatre mille francs et tu nous enverras un
remplaçant qui se cavera de dix louis. Non
pas, non pas.

Le comte, à moitié levé, se rassit; mais, au
premier tour, un des joueurs ayant engagé le
jeu, le comte fit son argent. Il fut tenu. L'adversaire du comte abattit son jeu; le comte jeta
le sien sans le montrer en disant : J'ai perdu,
poussa l'or et les billets de banque qu'il avait
devant lui en face du gagnant, et se levant de
nouveau :

—Suis-je libre de me retirer cette fois? dit-il à Paul.

— Non, pas encore, cher ami, répondit Paul, qui avait relevé les cartes du comte et regardé son jeu, car tu as cinq carreaux et monsieur n'a que quatre piques.

— Madame, dit le comte en se tournant de notre côté et en s'adressant à la maîtresse de la maison, je sais que M<sup>lle</sup> Eugénie doit quêter ce soir pour les pauvres; voulez-vous me permettre d'être le premier à lui offrir mon tribut? A ces mots, il prit un panier à ouvrage, qui se trouvait sur un guéridon à côté de la table de jeu, y mit les huit mille francs qu'il avait devant lui, et les présenta à la comtesse.

—Mais je ne sais si je dois accepter, répondit M<sup>me</sup> M...., cette somme est vraiment si considérable.

— Aussi, reprit en souriant le comte Horace, n'est-ce point en mon nom seul que je vous l'offre, ces messieurs y ont largement contribué, c'est donc eux plus encore que moi

que mademoiselle M... doit remercier au
nom de ses protégés. A ces mots il passa dans
la salle de bal, laissant le panier plein d'or et
de billets de banque aux mains de la comtesse.

—Voilà bien une de ses originalités, me dit
madame M..., il aura aperçu une femme avec
laquelle il a envie de danser, et voilà le prix
dont il paie ce plaisir. Mais il faut que je serre
ce panier ; laissez-moi donc vous reconduire
dans le salon de danse.

Madame M... me ramena près de ma mère.
A peine y étais-je assise que le comte s'avança
vers moi et m'invita à danser.

Ce que venait de me dire la comtesse se présenta aussitôt à mon esprit : je me sentis rougir, je compris que j'allais balbutier ; je lui
tendis mon calepin, six danseurs y avaient
pris rang ; il retourna le feuillet, et comme
s'il ne voulait pas que son nom fût confondu

avec les autres noms, il l'inscrivit au haut de
la page pour la septième contredanse ; puis il
me rendit le livret en prononçant quelques
mots que mon trouble m'empêcha d'entendre, et alla s'appuyer contre l'angle de la
porte. Je fus sur le point de prier ma mère
de quitter le bal; car je tremblais si fort qu'il
me semblait impossible de me tenir debout ;
heureusement un accord rapide et brillant se
fit entendre. Le bal était suspendu. Listz s'as-
seyait au piano.

Il joua l'invitation à la walse de Weber.

Jamais l'habile artiste n'avait poussé si haut
les merveilles de son exécution, ou peut-être
jamais ne m'étais-je trouvée dans une disposition d'esprit aussi parfaitement apte à sentir
cette composition si mélancolique et si pas-
sionnée; il me sembla que c'était la première
fois que j'entendais supplier, gémir et se briser l'ame souffrante, dont l'auteur du *Frey-*

*schttz* a exhalé les soupirs dans ses mélodies.
Tout ce que la musique, cette langue des
anges, a d'accens, d'espoir, de tristesse et de
douleur, semblait s'être réuni dans ce morceau, dont les variations, improvisées selon
l'inspiration du traducteur, arrivaient à la
suite du motif comme des notes explicatives.
J'avais souvent moi-même exécuté cette brillante fantaisie, et je m'étonnais, aujourd'hui
que je l'entendais reproduire par un autre, d'y
trouver des choses que je n'avais pas soupçon-
nées alors; était-ce le talent admirable de l'artiste qui les faisait ressortir? était-ce une disposition nouvelle de mon esprit? La main sa-
vante qui glissait sur les touches avait-elle si
profondément creusé la mine qu'elle y trouvait
des filons inconnus; ou mon cœur avait-il reçu
une si puissante secousse, que des fibres endor-
mies s'y étaient réveillées? En tout cas l'effet
fut magique; les sons flottaient dans l'air comme
une vapeur, et m'inondaient de mélodie; en ce
moment je levai les yeux, ceux du comte étaient

fixés de mon côté ; je baissai rapidement la tête,
il était trop tard ; je cessai de voir ses yeux,
mais je sentis son regard peser sur moi, le sang
se porta rapidement à mon visage, et un tremblement involontaire me saisit. Bientôt, Listz
se leva, j'entendis le bruit des personnes qui se
pressaient autour de lui pour le féliciter ; j'es-
pérai que dans ce mouvement le comte avait
quitté sa place ; en effet, je me hasardai à re-
lever la tête, il n'était plus contre la porte ;
je respirai, mais je me gardai de pousser la
recherche plus loin, je craignais de retrouver
son regard, j'aimais mieux ignorer qu'il fût là.

Au bout d'un instant le silence se rétablit ;
une nouvelle personne s'était mise au piano ;
j'entendis aux chuts prolongés jusque dans
les salles attenantes, que la curiosité était vivement excitée ; mais je n'osai lever les yeux.
Une gamme mordante courut sur les touches,
un prélude large et triste lui succéda ; puis
une voix vibrante, sonore et profonde, fit en-

tendre ces mots sur une mélodie de Schubert :

« J'ai tout étudié, philosophie, droit et médecine ; j'ai fouillé dans le cœur des hommes, je suis descendu dans les entrailles de la terre, j'ai attaché à mon esprit les ailes de l'aigle pour planer au-dessus des nuages ; où m'a conduit cette longue étude ? au doute et au découragement. Je n'ai plus, il est vrai, ni illusion ni scrupule, je ne crains ni Dieu ni Satan ; mais j'ai payé ces avantages au prix de toutes les joies de la vie. »

Au premier mot j'avais reconnu la voix du comte Horace. On devine donc facilement quelle singulière impression durent faire sur moi ces paroles de Faust dans la bouche de celui qui les chantait : l'effet fut général, au reste. Un moment de silence profond succéda à la dernière note, qui s'envola plaintive comme une ame en détresse ; puis des applaudissemens

frénétiques partirent de tous côtés. Je me hasardai alors à regarder le comte; pour tous
peut-être sa figure était calme et impassible; mais pour moi le léger froncement
de sa bouche indiquait clairement cette agitation fiévreuse, dont un des accès l'avait pris
pendant sa visite au château. Madame M.,.
s'approcha de lui pour le féliciter à son tour;
alors son visage prit l'aspect souriant et in-
soucieux que commandent aux esprits les plus
préoccupés les convenances du monde; le
comte Horace lui offrit le bras et ne fut plus
qu'un homme comme tous les hommes; à la
manière dont il la regardait, je jugeai que de
son côté il lui faisait des complimens sur sa
toilette. Tout en causant avec elle, il jeta rapidement de mon côté un regard qui rencontra le mien; je fus sur le point de laisser échapper un cri, j'avais en quelque sorte été surprise; il vit sans doute ma détresse et en eut
pitié; car il entraîna madame M... dans la
salle voisine et disparut avec elle. Au même

moment les musiciens donnèrent de nouveau
le signal de la contredanse; le premier inscrit
de mes danseurs s'élança vers moi, je pris machinalement sa main et je me laissai conduire
à la place qu'il voulut; je dansai, voilà tout ce
dont je me souviens ; puis deux ou trois con-
tredanses se suivirent pendant lesquelles je
repris un peu de calme; enfin une nouvelle
pose destinée à un nouvel intermède musical
leur succéda.

Madame M... s'avança vers moi; elle venait
me prier de faire ma partie dans le duo du premier acte de *Don Juan*; je refusai d'abord,
car je me voyais incapable en ce moment,
toute timidité naturelle à part, d'articuler
une note. Ma mère vit ce débat, et, avec son
amour-propre de mère, vint se joindre à la
comtesse, qui s'offrait pour accompagner;
j'eus peur, si je continuais à résister, que ma
mère ne se doutât de quelque chose; j'avais
chanté si souvent ce duo, que je ne pouvais

opposer une bonne raison à leurs instances;
je finis donc par céder. La comtesse M... me
prit par la main et me conduisit au piano, où
elle s'assit; j'étais derrière sa chaise debout
et les yeux baissés, sans oser regarder autour
de moi, de peur de retrouver encore ce regard
qui me suivait partout. Un jeune homme vint
se placer de l'autre côté de la comtesse, je me
hasardai à lever les yeux sur mon partner;
un frisson me courut par tout le corps : c'é-
tait le comte Horace qui chantait le rôle de
don Juan.

Vous comprendrez quelle fut mon émotion;
cependant il était trop tard pour me retirer, tous
les yeux étaient fixés sur nous; madame M...
préludait. Le comte commença; c'était une
autre voix, c'était un autre homme qui chantait, et lorsqu'il commença *là ci darem la
mano*, je tressaillis, espérant que je m'étais
trompée, et ne pouvant pas croire que la voix
puissante qui venait de nous faire frémir avec

la mélodie de Schubert pouvait se plier à
des intonations d'une gaîté si fine et si gra-
cieuse. Aussi dès la première phrase un murmure d'applaudissement courut-il par toute
la salle ; il est vrai que, lorsqu'à mon tour je
dis en tremblant, *vorrei e non vorrei mi tre-
ma un poco il cor*, il y avait dans ma voix
une telle expression de crainte que les applaudissemens contenus éclatèrent ; puis on fit
tout-à-coup un silence profond pour nous
écouter. Je ne puis vous dire ce qu'il y avait
d'amour dans la voix du comte, lorsqu'il reprit *vieni, mi bel deletto*, et ce qu'il mit de séduction et de promesses dans cette phrase *io
cangierò tua sorte ;* tout cela était si applica-
ble à moi, ce duo semblait si bien choisi pour
la situation de mon cœur, qu'effectivement je
me sentis prête à m'évanouir, en disant *presto
non son più forte ;* certes la musique avait ici
changé d'expression : au lieu de la plainte co-
quette de Zerline, c'était le cri de la détresse
la plus profonde ; en ce moment je sentis que

le comte s'était rapproché de mon côté, sa
main toucha ma main pendante près de moi,
un voile de flamme s'abaissa sur mes yeux, je
saisis la chaise de la comtesse M... et je m'y
cramponnai; grâce à ce soutien je parvins à me
tenir debout; mais lorsque nous reprîmes ensemble *andiamo, andiam mio bene,* je sentis
son haleine passer dans mes cheveux, son souffle courir sur mes épaules; un frisson me passa
par les veines, je jetai en prononçant le mot
*amor* un cri dans lequel s'épuisèrent toutes
mes forces, et je m'évanouis....

Ma mère s'élança vers moi; mais elle serait
arrivée trop tard, si la comtesse M... ne m'a-
vait reçue dans ses bras. Mon évanouissement
fut attribué à la chaleur; on me transporta
dans une chambre voisine, des sels qu'on me
fit respirer, une fenêtre qu'on ouvrit, quelques gouttes d'eau qu'on me jeta au visage me
rappelèrent à moi; madame M... insista pour
me faire rentrer au bal; mais je ne voulus en-

tendre à rien; ma mère, inquiète elle-même,
fut cette fois de mon avis, on fit avancer la voiture et nous rentrâmes à l'hôtel.

Je me retirai aussitôt dans ma chambre; en
ôtant mon gant je fis tomber un papier qui y
avait été glissé pendant mon évanouissement,
je le ramassai et je lus ces mots écrits au
crayon : *Vous m'aimez!... merci, merci!*

# CHAPITRE IX.

# CHAPITRE IX

# IX

Je passai une nuit affreuse, une nuit de
sanglots et de larmes. Vous ne savez pas, vous
autres hommes, vous ne saurez jamais quelles
angoisses sont celles d'une jeune fille élevée
sous l'œil de sa mère, dont le cœur, pur comme
une glace, n'a encore été terni par aucune haleine, dont la bouche n'a jamais prononcé le

mot amour, et qui se voit tout-à-coup, comme
un pauvre oiseau sans défense, prise et enveloppée dans une volonté plus puissante que sa
résistance; qui sent une main qui l'entraîne,
si fort qu'elle se raidisse contre elle, et qui
entend une voix qui lui dit : Vous m'aimez,
avant qu'elle n'ait dit : Je vous aime.

Oh ! je vous le jure, je ne sais comment il
se fit que je ne devins 'pas folle pendant cette
nuit; je me crus perdue. Je me répétais tout
bas et incessamment :—Je l'aime! je l'aime!
et cela avec une terreur si profonde qu'aujourd'hui encore je ne sais si je n'étais pas en
proie à un sentiment tout-à-fait contraire à
celui que je croyais ressentir. Cependant il
était probable que toutes ces émotions que
j'avais éprouvées étaient des preuves d'amour,
puisque le comte, à qui aucune d'elles n'était
échappée, les interprétait ainsi. Quant à moi,
c'étaient les premières sensations de ce genre
que je ressentais. On m'avait dit que l'on ne

devait craindre ou haïr que ceux qui vous ont
fait du mal ; je ne pouvais alors ni haïr ni
craindre le comte, et si le sentiment que j'é-
prouvais pour lui n'était ni de la haine ni de
la crainte, ce devait donc être de l'amour.

Le lendemain matin, au moment où nous
nous mettions à table pour déjeuner, on apporta à ma mère deux cartes du comte Horace
de Beuzeval : il avait envoyé s'informer de ma
santé et demander si mon indisposition avait
eu des suites. Cette démarche, toute matinale
qu'elle était, parut à ma mère une simple
manifestation de politesse. Le comte chantait
avec moi lorsque l'accident m'était arrivé :
cette circonstance excusait son empressement.
Ma mère s'aperçut alors seulement combien
je paraissais fatiguée et souffrante ; elle s'en
inquiéta d'abord ; mais je la rassurai en lui
disant que je n'éprouvais aucune douleur, et
que d'ailleurs l'air et la tranquillité de la
campagne me remettraient si elle voulait que

nous y retournassions. Ma mère n'avait qu'une
volonté, c'était la mienne : elle ordonna que
l'on mit les chevaux à la voiture; vers les
deux heures nous partîmes.

Je fuyais Paris avec l'empressement que
quatre jours auparavant j'avais mis à fuir la
campagne ; car ma première pensée en voyant
les cartes du comte, avait été qu'aussitôt que
l'heure où l'on est visible serait arrivée, il se
présenterait en personne. Or, je voulais le
fuir, je voulais ne plus le revoir ; après l'idée
qu'il avait prise de moi, après la lettre qu'il
m'avait écrite, il me semblait que je mourrais
de honte en me retrouvant avec lui. Toutes
ces pensées qui se heurtaient dans ma tête faisaient passer sur mes joues des rougeurs si
subites et si ardentes que ma mère crut que
je manquais d'air dans cette voiture fermée,
et ordonna au cocher d'arrêter, afin que le domestique pût abaisser la couverture de la calèche. On était aux derniers jours de septem-

bre, c'est-à-dire au plus doux moment de
l'année ; les feuilles de certains arbres commençaient à rougir dans les bois. Il y a quelque chose du printemps dans l'automne, et
les derniers parfums de l'année ressemblent
parfois à ses premières émanations. L'air, le
spectacle de la nature, tous ces bruits de la
forêt qui n'en forment qu'un, prolongé, mélancolique, indéfinissable, commençaient à
distraire mon esprit, lorsque tout-à-coup, à
l'un des détours de la route, j'aperçus devant
nous un cavalier. Quoiqu'il fût encore à une
grande distance, je saisis le bras de ma mère
dans l'intention de lui dire de retourner vers
Paris — car j'avais reconnu le comte — mais
je m'arrêtai aussitôt. Quel prétexte donner à
ce changement de volonté, qui paraîtrait un
caprice sans raison aucune? Je rassemblai
donc tout mon courage.


Le cavalier allait au pas, aussi le rejoignî-

mes-nous bientôt. Comme je l'ai dit, c'était
le comte.

A peine nous eut-il reconnues qu'il s'approcha de nous, s'excusa d'avoir envoyé de si
bonne heure pour savoir de mes nouvelles ;
mais devant partir dans la journée pour la
campagne de M. de Lucienne, où il allait
passer quelques jours, il n'avait pas voulu quitter Paris avec l'inquiétude où il était ; si
l'heure eût été convenable, il se serait pré-
senté lui-même. Je balbutiai quelques mots,
ma mère le remercia. Nous aussi nous retour-
nions à la campagne, lui dit-elle, pour le
reste de la saison. — Alors vous me permettrez de vous servir d'escorte jusqu'au château,
répondit le comte. Ma mère s'inclina en souriant ; la chose était toute simple : notre
maison de campagne était de trois lieues
plus rpprochée que celle de M. de Lucienne, et la même route conduisait à toutes
deux.

Le comte continua donc de galoper près de nous pendant les cinq lieues qui nous restaient à faire. La rapidité de notre course, la difficulté de se tenir près de la portière fit que nous n'échangeâmes que quelques paroles. Arrivé au château il sauta à bas de son cheval, aida ma mère à descendre ; puis m'offrit sa main à mon tour. Je ne pouvais refuser : je tendis la mienne en tremblant ; il la prit sans vivacité, sans affectation, comme il eût pris celle de toute autre ; mais je sentis qu'il y laissait un billet. Avant que je n'aie pu dire un mot, ni faire un mouvement, le comte s'était retourné vers ma mère et la saluait ; puis il remonta à cheval, résistant aux instances qu'elle lui faisait pour qu'il se reposât un instant ; alors reprenant le chemin de Lucienne, où il était attendu, disait-il, il disparut au bout de quelques secondes.

J'étais restée immobile à la même place ; mes doigts crispés retenaient le billet, que je

n'osais laisser tomber , et que cependant j'é-
tais bien résolue à ne pas lire. Ma mère m'appela, je la suivis. Que faire de ce billet ? Je
n'avais pas de feu pour le brûler ; le déchirer,
on en pouvait trouver les morceaux : je le ca-
chai dans la ceinture de ma robe.

Je ne connais pas de supplice pareil à celui
que j'éprouvai jusqu'au moment où je rentrai
dans ma chambre : ce billet me brûlait la poitrine; il semblait qu'une puissance surnatu-
relle rendait chacune de ses lignes lisible pour
mon cœur, qui le touchait presque; ce papier
avait une vertu magnétique. Certes, au moment où je l'avais reçu, je l'eusse déchiré, brûlé
à l'instant même sans hésitation; eh bien!
lorsque je rentrai chez moi, je n'en eus plus le
courage. Je renvoyai ma femme de chambre
en lui disant que je me déshabillerais seule;
puis je m'assis sur mon lit, et je restai ainsi
une heure, immobile et les yeux fixes, le billet froissé dans ma main fermée.

Enfin je l'ouvris et je lus :

« Vous m'aimez, Pauline, car vous me fuyez.
Hier vous avez quitté le bal où j'étais, aujour-
d'hui vous quittez la ville où je suis ; mais
tout est inutile. Il y a des destinées qui peuvent ne se rencontrer jamais, mais qui, dès
qu'elles se rencontrent, ne doivent plus se séparer.

» Je ne suis point un homme comme les
autres hommes : à l'âge du plaisir, de l'insouciance et de la joie, j'ai beaucoup souffert,
beaucoup pensé, beaucoup gémi ; j'ai vingt-
huit ans. Vous êtes la première femme que
j'aie aimée ; car je vous aime, Pauline.

» Grâce à vous, et si Dieu ne brise pas cette
dernière espérance de mon cœur, j'oublierai
mon passé et j'espérerai dans l'avenir. Le
passé est la seule chose pour laquelle Dieu est
sans pouvoir et l'amour sans consolation. L'a-
venir est à Dieu, le présent est à nous, mais
le passé est au néant. Si Dieu, qui peut tout,

pouvait donner l'oubli du passé, il n'y aurait
dans le monde ni blasphémateurs, ni matéria-
listes, ni athées.

» Maintenant tout est dit, Pauline ; car que
vous apprendrais-je que vous ne sachiez pas,
que vous dirais-je que vous n'ayez pas de-
viné ? Nous sommes jeunes tous deux, riches
tous deux, libres tous deux ; je puis être à
vous, vous pouvez être à moi : un mot de vous,
je m'adresse à votre mère, et nous sommes
unis. Si ma conduite, comme mon ame, est
en dehors des habitudes du monde, pardonnez-moi ce que j'ai d'étrange et acceptez-moi
comme je suis, vous me rendrez meilleur.

» Si, au contraire de ce que j'espère, Pauline, un motif que je ne prévois pas, mais qui
cependant peut exister, vous faisait continuer
à me fuir comme vous avez essayé de le faire
jusqu'à présent, sachez bien que tout serait inutile : partout je vous suivrais comme je vous ai
suivie ; rien ne m'attache à un lieu plutôt qu'à
un autre, tout m'entraîne au contraire où vous

êtes ; aller au-devant de vous ou marcher derrière vous sera désormais mon seul but. J'ai
perdu bien des années et risqué cent fois ma
vie et mon ame pour arriver à un résultat
qui ne me promettait pas le même bonheur.

» Adieu, Pauline! je ne vous menace pas,
je vous implore ; je vous aime, vous m'aimez.
Ayez pitié de vous et de moi. »

Il me serait impossible de vous dire ce qui
se passa en moi à la lecture de cette étrange
lettre ; il me semblait être en proie à un de
ces songes terribles où, menacé d'un danger,
on tente de fuir ; mais les pieds s'attachent à la
terre, l'haleine manque à la poitrine ; on veut
crier, la voix n'a pas de son. Alors l'excès de
la peur brise le sommeil, et l'on se réveille le
cœur bondissant et le front mouillé de sueur.

Mais là, là, il n'y avait pas à me réveiller ;
ce n'était point un rêve que je faisais, c'était
une réalité terrible, qui me saisissait de sa

main puissante et qui m'entraînait avec elle ;
et cependant qu'y avait-il de nouveau dans ma
vie ? Un homme y avait passé et voilà tout. A
peine si avec cet homme j'avais échangé un
regard et une parole. Quel droit se croyait-il
donc de garrotter comme il le faisait ma destinée à la sienne, et de me parler presque en
maître lorsque je ne lui avais pas même ac-
cordé les droits d'un ami ? Cet homme, je pouvais demain ne plus le regarder, ne plus lui
parler, ne plus le connaître. Mais non, je ne
pouvais rien... j'étais faible... j'étais femme...
je l'aimais...

En savais-je quelque chose, au reste ? ce
sentiment que j'éprouvais était-ce de l'amour ?
l'amour entre-t-il dans le cœur précédé d'une
terreur aussi profonde ? Jeune et ignorante
comme je l'étais, savais-je moi-même ce que
c'était que l'amour ? Cette lettre fatale, pourquoi ne l'avais-je pas brûlée avant de la lire ?
n'avais-je pas donné au comte le droit de croire

que je l'aimais en la recevant ? Mais aussi que
pouvais-je faire? un éclat devant des valets,
des domestiques. Non; mais la remettre à ma
mère, lui tout dire, lui tout avouer... Lui
avouer quoi? des terreurs d'enfant, et voilà
tout. Puis ma mère, qu'eût-elle pensé à la lecture d'une pareille lettre? Elle aurait cru que
d'un mot, d'un geste, d'un regard, j'avais
encouragé le comte. Sans cela, de quel droit
me dirait-il que je l'aimais? Non, je n'oserais
jamais rien dire à ma mère...

Mais cette lettre, il fallait la brûler d'abord
et avant tout. Je l'approchai de la bougie,
elle s'enflamma, et ainsi que tout ce qui a
existé et qui n'existe plus, elle ne fut bientôt
qu'un peu de cendres. Puis je me déshabillai
promptement, je me hâtai de me mettre au
lit, et je soufflai aussitôt mes lumières afin de
me dérober à moi-même et de me cacher dans
la nuit. Oh! comme malgré l'obscurité je fermai les yeux, comme j'appuyai mes mains

sur mon front, et comme, malgré ce double
voile, je revis tout. Cette lettre fatale était
écrite sur les murs de la chambre. Je ne l'avais
lue qu'une fois; et cependant elle s'était si
profondément gravée dans ma mémoire, que
chaque ligne, tracée par une main invisible,
semblait paraître à mesure que la ligne précédente s'effaçait; et je lus et relus ainsi cette
lettre dix fois, vingt fois, toute la nuit. Oh!
je vous assure qu'entre cet état et la folie il y
avait une barrière bien étroite à franchir, un
voile bien faible à déchirer.

Enfin au jour je m'endormis, écrasée de
fatigue. Lorsque je me réveillai il était déjà
tard; ma femme de chambre m'annonça que
madame de Lucienne et sa fille étaient au château. Alors une idée subite m'illumina; je
devais tout dire à madame de Lucienne, elle
avait toujours été parfaite pour moi; c'était
chez elle que j'avais vu le comte Horace, le
comte Horace était l'ami de son fils; c'était la

confidente la plus convenable pour un secret comme le mien; Dieu me l'envoyait. En ce moment la porte de ma chambre s'ouvrit, et madame de Lucienne parut. Oh ! alors je crus vraiment à cette mission; je me soulevai sur mon lit et je lui tendis les bras en sanglotant : elle vint s'asseoir près de moi.

— Allons, enfant, me dit-elle après un instant et en écartant mes mains dont je me voilais le visage, voyons, qu'avons-nous?

—Oh ! je suis bien malheureuse, m'é-criai-je.

— Les malheurs de ton âge, mon enfant, sont comme les orages du printemps, ils passent vite et font le ciel plus pur.

— Oh ! si vous saviez!

— Je sais tout, me dit madame de Lu-cienne.

— Qui vous l'a dit?

— Lui.

— Il vous a dit que je l'aimais!

— Il m'a dit qu'il avait cet espoir, du moins; se trompe-t-il?

— Je ne sais moi-même; je ne connaissais de l'amour que le nom, comment voulez-vous que je voie clair dans mon cœur, et qu'au milieu du trouble que j'éprouve, j'analyse le sentiment qui l'a causé?

— Allons, allons, je vois qu'Horace y lit mieux que vous. — Je me mis à pleurer. — Eh bien! continua madame de Lucienne, il n'y a pas là dedans une grande cause de larmes, ce me semble. Voyons, causons raisonnablement. Le comte Horace est jeune, beau, riche, voilà plus qu'il n'en faut pour excuser le sentiment qu'il vous inspire. Le comte Horace est libre, vous avez dix-huit ans, ce serait une union convenable sous tous les rapports.

—Oh! madame!...

— C'est bien, n'en parlons plus; j'ai appris tout ce que je voulais savoir. Je redescends

près de madame de Meulien et je vous envoie
Lucie.

— Oh !... mais pas un mot, n'est-ce pas ?

— Soyez tranquille, je sais ce qui me reste
à faire ; au revoir, chère enfant. Allons, es-
suyez ces beaux yeux, et embrassez-moi...

Je me jetai une seconde fois à son cou. Cinq
minutes après, Lucie entra ; je m'habillai et
nous descendîmes.

Je trouvai ma mère sérieuse, mais plus tendre encore que d'ordinaire. Plusieurs fois,
pendant le déjeuner, elle me regarda avec un
sentiment de tristesse inquiète, et à chaque
fois je sentis la rougeur de la honte me monter au visage. A quatre heures, madame de
Lucienne et sa fille nous quittèrent ; ma mère
fut la même avec moi qu'elle avait coutume
d'être ; pas un mot sur la visite de madame
de Lucienne et le motif qui l'avait amenée ne
fut prononcé. Le soir, comme de coutume,

j'allai avant de me retirer dans ma chambre
embrasser ma mère : en approchant mes lèvres de son front, je m'aperçus que ses larmes coulaient; alors je tombai à genoux devant elle en cachant ma tête dans sa poitrine.
En voyant ce mouvement, elle devina le sentiment qui me le dictait, et abaissant ses deux
mains sur mes épaules, et me serrant contre
elle :—Sois heureuse, ma fille, dit-elle, c'est
tout ce que je demande à Dieu.

Le surlendemain madame de Lucienne demanda officiellement ma main à ma mère.

Six semaines après, j'épousai le comte Horace.

# CHAPITRE X.

# X

Le mariage se fit à Lucienne, dans les premiers jours de novembre; puis nous revînmes à Paris au commencement de la saison d'hiver.

Nous habitions l'hôtel tous ensemble. Ma mère m'avait donné vingt-cinq mille livres de

rentes par mon contrat de mariage, le comte
en avait déclaré à peu près autant ; il en restait
quinze mille à ma mère. Notre maison se trouva
donc au nombre, sinon des maisons riches,
du moins des maisons élégantes du faubourg
Saint-Germain.

Horace me présenta deux de ses amis, qu'il
me pria de recevoir comme ses frères : depuis
six ans ils étaient liés d'un sentiment si intime
qu'on avait pris l'habitude de les appeler les
inséparables. Un quatrième, qu'ils regret-
taient tous les jours et dont ils parlaient sans
cesse, s'était tué au mois d'octobre de l'année
précédente en chassant dans les Pyrénées, où
il avait un château. Je ne puis vous révéler le
nom de ces deux hommes, et à la fin de mon
récit vous comprendrez pourquoi ; mais comme
je serai forcée parfois de les désigner, j'appel-
lerai l'un Henri et l'autre Max.

Je ne vous dirai pas que je fus heureuse :
le sentiment que j'éprouvais pour Horace m'a
été et me sera toujours inexplicable, on eût
dit un respect mêlé de crainte ; c'était au reste

l'impression qu'il produisait généralement sur
tous ceux qui l'approchaient. Ses deux amis
eux-mêmes, si libres et familiers qu'ils fussent
avec lui, le contredisaient rarement et lui
cédaient toujours, sinon comme à un maître, du moins comme à un frère aîné. Quoique
adroits aux exercices du corps, ils étaient
loin d'être de sa force. Le comte avait trans-
formé la salle de billard en une salle d'armes,
et une des allées du jardin était consacrée à
un tir : tous les jours ces messieurs venaient
s'exercer à l'épée ou au pistolet. Parfois j'as-
sistais à ces joutes : Horace alors était plutôt
leur professeur que leur adversaire ; il gardait
dans ces exercices ce calme effrayant dont
je lui avais vu donner une preuve chez madame de Lucienne, et plusieurs duels, qui
tous avaient fini à son avantage, attestaient
que sur le terrain ce sang-froid, si rare au
moment suprême, ne l'abandonnait pas un
instant. Horace, chose étrange ! restait donc
pour moi, malgré l'intimité, un être supérieur
et en dehors des autres hommes.

Quant à lui, il paraissait heureux, il affec-

tait du moins de répéter qu'il l'était, quoique
souvent son front soucieux attestât le contraire. Parfois aussi des rêves terribles agi-
taient son sommeil, et alors cet homme, si
calme et si brave le jour, avait, s'il se réveil-
lait au milieu de pareils songes, des instans
d'effroi où il frissonnait comme un enfant. Il
en attribuait la cause à un accident qui était
arrivé à sa mère pendant sa grossesse : arrêtée dans la Sierra par des voleurs, elle avait
été attachée à un arbre, et avait vu égorger un
voyageur qui faisait la même route qu'elle ;
il en résultait que c'étaient habituellement des
scènes de vol et de brigandage qui s'offraient
ainsi à lui pendant son sommeil. Aussi, plutôt pour prévenir le retour de ces songes que
par une crainte réelle, posait-il toujours avant
de se coucher, quelque part qu'il fût, une
paire de pistolets à portée de sa main. Cela
me causa d'abord une grande terreur, car je
tremblais toujours que dans quelque accès de
somnambulisme il ne fît usage de ces armes;
mais peu à peu je me rassurai, et je contrac-
tai l'habitude de lui voir prendre cette précaution. Une autre plus étrange encore, et

dont seulement aujourd'hui je me rends compte, c'est qu'on tenait constamment, jour ou nuit, un cheval sellé et prêt à partir.

L'hiver se passa au milieu des fêtes et des bals. Horace était fort répandu de son côté; de sorte que, ses salons s'étant joints aux miens, le cercle de nos connaissances avait doublé. Il m'accompagnait partout avec une complaisance extrême, et, chose qui surprenait tout le monde, il avait complétement cessé de jouer. Au printemps nous partimes pour la campagne.

Là nous retrouvâmes tous nos souvenirs. Nos journées s'écoulaient moitié chez nous, moitié chez nos voisins; nous avions continué de voir madame de Lucienne et ses enfans comme une seconde famille à nous. Ma situation de jeune fille se trouvait donc à peine changée, et ma vie était à peu près la même. Si cet état n'était pas du bonheur, il y ressemblait tellement que l'on pouvait s'y tromper. La seule chose qui le troublât momentanément, c'étaient ces tristesses sans cause dont je voyais

Horace de plus en plus atteint; c'étaient ces songes qui devenaient plus terribles à mesure que nous avancions. Souvent j'allais à lui pendant ces inquiétudes du jour, ou je le réveillais au milieu de ces rêves de la nuit; mais dès qu'il me voyait sa figure reprenait cette expression calme et froide qui m'avait tant frappée; cependant il n'y avait point à s'y tromper, la distance était grande de cette tranquillité apparente à un bonheur réel.

Vers le mois de juin Henri et Max, ces deux jeunes gens dont je vous ai parlé, vinrent nous rejoindre. Je savais l'amitié qui les unissait à Horace, et ma mère et moi les reçûmes, elle comme des enfans, moi comme des frères. On les logea dans des chambres presque attenantes aux nôtres; le comte fit poser des sonnettes, avec un timbre particulier, qui allaient de chez lui chez eux, et de chez eux chez lui, et ordonna que l'on tînt constamment trois chevaux prêts au lieu d'un. Ma femme de chambre me dit en outre qu'elle avait appris des domestiques que ces messieurs avaient la même habitude que mon mari et ne dormaient

qu'avec une paire de pistolets au chevet de
leur lit.

Depuis l'arrivée de ses amis Horace était livré
presque entièrement à eux. Leurs amusemens
étaient, au reste, les mêmes qu'à Paris, des
courses à cheval et des assauts d'armes et de
pistolet. Le mois de juillet s'écoula ainsi;
puis, vers la moitié d'août, le comte m'annonça qu'il serait obligé de me quitter dans
quelques jours pour deux ou trois mois.
C'était la première séparation depuis notre
mariage : aussi m'effrayai-je à ces paroles. Le
comte essaya de me rassurer en me disant
que ce voyage, que je croyais peut-être lointain, était au contraire dans une des provinces
de la France les plus proches de Paris, c'est-
à-dire en Normandie : il allait avec ses amis
au château de Burcy. Chacun d'eux possédait
une maison de campagne, l'un dans la Vendée, l'autre entre Toulon et Nice; celui qui
avait été tué avait la sienne dans les Pyrénées,
et le comte Horace en Normandie; de sorte que
chaque année ils se recevaient successivement
pendant la saison des chasses, et passaient

trois mois les uns chez les autres. C'était au
tour d'Horace, cette année, à recevoir ses amis.
Je m'offris aussitôt à l'accompagner pour faire
les honneurs de sa maison ; mais le comte me
répondit que le château n'était qu'un rendez-
vous de chasse, mal tenu, mal meublé, bon
pour des chasseurs habitués à vivre tant bien
que mal, mais non pour une femme accoutu-
mée à tout le confortable et à tout le luxe de
la vie. Il donnerait, au reste, des ordres pendant son prochain séjour afin que toutes les
réparations fussent faites, et pour que désormais, quand son année viendrait, je pusse
l'accompagner et faire en noble châtelaine les
honneurs de son manoir.

Cet incident, tout simple et tout naturel
qu'il parût à ma mère, m'inquiéta horrible-
ment. Je ne lui avais jamais parlé des tristesses ni des terreurs d'Horace ; mais, quelque
explication qu'il eût tenté de m'en donner,
elles m'avaient toujours paru si peu naturel-
les que je leur supposais un autre motif qu'il
ne voulait ou ne pouvait dire. Cependant il eût
été si ridicule à moi de me tourmenter pour

une absence do trois mois et si étrange d'insister pour suivre Horace, que je renfermai
mon inquiétude en moi-même et que je ne parlai plus de ce voyage.

Le jour de la séparation arriva : c'était le
27 d'août. Ces messieurs voulaient être in-
stallés à Burcy pour l'ouverture des chasses,
fixée au 1er septembre. Ils partaient en chaise
de poste et se faisaient suivre de leurs chevaux, conduits en main par le Malais, qui devait les rejoindre au château.

Au moment du départ je ne pus m'empêcher de fondre en larmes; j'entraînai Horace
dans une chambre et le priai une dernière
fois de m'emmener avec lui : je lui dis mes
craintes inconnues, je lui rappelai ces tristesses, ces terreurs incompréhensibles qui le
saisissaient tout-à-coup. A ces mots, le sang
lui monta au visage, et je le vis me donner
pour la première fois un signe d'impatience.
Au reste, il le réprima aussitôt, et me parlant
avec la plus grande douceur, il me promit, si
le château était habitable, ce dont il doutait,

de m'écrire d'aller le rejoindre. Je me repris
à cette promesse et à cet espoir; de sorte que
je le vis s'éloigner plus tranquillement que je
ne l'espérais.

Cependant les premiers jours de notre séparation furent affreux; et pourtant, je vous
le répète, ce n'était point une douleur d'a-
mour : c'était le pressentiment vague, mais
continu, d'un grand malheur. Le surlendemain du départ d'Horace je reçus de lui une
lettre datée de Caen : il s'était arrêté pour dîner
dans cette ville et avait voulu m'écrire, se rap-
pélant dans quel état d'inquiétude il m'avait
laissée. La lecture de cette lettre m'avait fait
quelque bien, lorsque le dernier mot renouvela toutes ces craintes, d'autant plus cruelles
qu'elles étaient réelles pour moi seule, et qu'à
tout autre elles eussent paru chimériques : au
lieu de me dire *au revoir,* le comte me disait
*adieu.* L'esprit frappé s'attache aux plus pe-
tites choses : je faillis m'évanouir en lisant ce
dernier mot.

Je reçus un seconde lettre du comte, datée

de Burcy, il avait trouvé le château qu'il n'a-
vait pas visité depuis trois ans dans un déla-
brement affreux : à peine s'il y avait une chambre où le vent et la pluie ne pénétrassent point ;
il était en conséquence inutile que je songeasse
pour cette année à aller le rejoindre ; je ne sais
pourquoi, mais je m'attendais à cette lettre,
elle me fit donc moins d'effet que la première.

Quelques jours après nous lûmes dans notre
journal la première nouvelle des assassinats
et des vols qui effrayèrent la Normandie ; une
troisième lettre d'Horace nous en dit quelques
mots à son tour ; mais il ne paraissait pas attacher à ces bruits toute l'importance que
leur donnaient les feuilles publiques. Je lui
répondis pour le prier de revenir le plus tôt
possible : ces bruits me paraissaient un commencement de réalisation pour mes pressentimens.

Bientôt les nouvelles devinrent de plus en
plus effrayantes ; c'était moi qui, à mon tour,
avais des tristesses subites et des rêves affreux ;
je n'osais plus écrire à Horace, ma dernière

lettre était restée sans réponse. J'allai trouver
madame de Lucienne, qui depuis le soir où je lui
avais tout avoué, était devenue ma conseillère:
je lui racontai mon effroi et mes pressentimens; elle me dit alors ce que m'avait dit
vingt fois ma mère, que la crainte que je ne
fusse mal servie au château avait seule empêché Horace de m'emmener, elle savait mieux
que personne combien il m'aimait, elle à qui
il s'était confié tout d'abord, et que si souvent
depuis il avait remerciée du bonheur qu'il disait lui devoir. Cette certitude qu'Horace
m'aimait me décida tout-à-fait, je résolus, si
le prochain courrier ne m'annonçait pas son
arrivée, de partir moi-même et d'aller le rejoindre.

Je reçus une lettre : loin de parler de retour, Horace se disait forcé de rester encore
six semaines ou deux mois loin de moi ; sa lettre était pleine de protestations d'amour; il
fallait ces vieux engagemens pris avec des
amis pour l'empêcher de revenir, et la certitude que je serais affreusement dans ces
ruines pour qu'il ne me dît pas d'aller le re-

trouver; si j'avais pu hésiter encore, cette lettre m'aurait déterminée; je descendis près de ma mère, je lui dis qu'Horace m'autorisait à aller le rejoindre et que je partirais le lendemain soir; elle voulait absolument venir avec moi, et j'eus toutes les peines du monde à lui faire comprendre que s'il craignait pour moi, à plus forte raison craindrait-il pour elle.

Je partis en poste, emmenant avec moi ma femme de chambre qui était de la Normandie; en arrivant à Saint-Laurent-du-Mont, elle me demanda la permission d'aller passer trois ou quatre jours chez ses parens qui demeuraient à Crèvecœur, je lui accordai sa demande sans songer que c'était surtout au moment où je descendrais dans un château habité par des hommes que j'aurais besoin de ses services; puis aussi je tenais à prouver à Horace qu'il avait eu tort de douter de mon stoïcisme.

J'arrivai à Caen vers les sept heures du soir; le maître de poste, apprenant qu'une femme qui voyageait seule demandait des chevaux pour se rendre au château de Burcy, vint lui-même à la portière de ma voiture : là il insista tellement pour que je passasse la nuit dans la ville et que je ne continuasse ma route que le lendemain, que je cédai. D'ailleurs j'arriverais au château à une heure où tout le monde serait endormi, et peut-être, grâce aux événemens au centre desquels il se trouvait, les portes en seraient-elles si bien closes que je ne pourrais me les faire ouvrir : ce motif, bien plus que la crainte, me détermina à rester à l'hôtel.

Les soirées commençaient à être froides, j'entrai dans le salon du maître de poste, tandis qu'on me préparait une chambre. Alors l'hôtesse, pour ne me laisser aucun regret sur la résolution que j'avais prise et le retard qui en était la suite, me raconta tout ce qui se passait dans le pays depuis quinze jours ou trois semaines; la terreur était à son comble : on n'osait pas faire un quart de lieue hors de la ville dès que le soleil était couché.

Je passai une nuit affreuse; à mesure que

j'approchais du château, je perdais de mon assurance; le comte avait peut-être eu d'autres motifs de s'éloigner de moi que ceux qu'il m'avait dits, comment alors accueillerait-il ma présence? Mon arrivée subite et inattendue était une désobéissance à ses ordres, une infraction à son autorité; ce geste d'impatience qu'il n'avait pu retenir, et qui était le premier et le seul qu'il eût jamais laissé échapper, n'indiquait-il pas une détermination irrévocablement prise? J'eus un instant l'envie de lui écrire que j'étais à Caen, et d'attendre qu'il vînt m'y chercher; mais toutes ces craintes, inspirées et entretenues par ma veille fiévreuse, se dissipèrent lorsque j'eus dormi quelques heures et que le jour vint éclairer mon appartement. Je repris donc tout mon courage, et je demandai des chevaux. Dix minutes après je repartis.

Il était neuf heures du matin, lorsqu'à deux lieues du Buisson le postillon s'arrêta, et me montra le château de Burcy, dont on apercevait le parc, qui s'avance jusqu'à deux cents pas de la grande route. Un chemin de tra-

verse conduisait à une grille. Il me demanda
si c'était bien à ce château que j'allais : je répondis affirmativement, et nous nous enga-
geâmes dans les terres.

Nous trouvâmes la porte fermée : nous son-
nâmes à plusieurs reprises sans que l'on ré-
pondît. Je commençais à me repentir de ne
point avoir annoncé mon arrivée. Le comte
et ses amis pouvaient être allés à quelque partie de chasse : en ce cas, qu'allais-je devenir
dans ce château solitaire, dont je ne pourrais
peut-être même pas me faire ouvrir les portes ? Me faudrait-il attendre dans une misérable auberge de village qu'ils fussent revenus ?
C'était impossible. Enfin, dans mon impatience, je descendis de voiture et sonnai moi-
même avec force. Un être vivant apparut alors
à travers le feuillage des arbres : au tournant
d'une allée, je reconnus le Malais ; je lui fis
signe de se hâter, il vint m'ouvrir.

Je ne pris pas la peine de remonter en voiture, je suivis en courant l'allée par laquelle
je l'avais vu venir; bientôt j'aperçus le châ-

teau : au premier coup d'œil, il me parut en
assez bon état ; je m'élançai vers le perron,
j'entrai dans l'antichambre, j'entendis parler,
je poussai une porte, et je me trouvai dans la
salle à manger, en face d'Horace, qui déjeu-
nait avec Henri ; chacun d'eux avait à sa droite
une paire de pistolets sur la table.

Le comte, en m'apercevant, se leva tout
debout et devint pâle à croire qu'il allait se
trouver mal. Quant à moi, j'étais si tremblante que je n'eus que la force de lui tendre
les bras ; j'allais tomber, lorsqu'il accourut à
moi et me retint.

— Horace, lui dis-je, pardonnez-moi ; je
n'ai pas pu rester loin de vous... j'étais trop
malheureuse, trop inquiète... je vous ai dés-
obéi.

— Et vous avez eu tort, dit le comte d'une
voix sourde.

— Oh ! si vous voulez, m'écriai-je, effrayée
de son accent, je repartirai à l'instant même...
Je vous ai revu... c'est tout ce qu'il me faut...

— Non, dit le comte, non ; puisque vous

voilà, restez... restez, et soyez la bien venue.

A ces mots il m'embrassa, et, faisant un effort sur lui-même, il reprit immédiatement
cette apparence calme qui parfois m'effrayait
davantage que n'eût pu le faire le visage le
plus irrité.

# CHAPITRE XI.

# XI

Cependant peu à peu ce voile de glace que le comte semblait avoir tiré sur son visage se fondit; il m'avait conduit dans l'appartement qu'il me destinait, c'était une chambre entièrement meublée dans le goût de Louis XV.

— Oui, je la connais, interrompis-je, c'est celle où je suis entré. O mon Dieu, mon Dieu, je commence à tout comprendre!...

—Là, reprit Pauline, il me demanda pardon de la manière dont il m'avait reçue; mais la surprise que lui avait causée mon arrivée inattendue, la crainte des privations que j'allais éprouver en passant deux mois dans cette vieille masure, avaient été plus fortes que lui. Cependant puisque j'avais tout bravé, c'était bien, et il tâcherait de me rendre le séjour du château le moins désagréable qu'il serait possible; malheureusement il avait, pour le jour même ou le lendemain, une partie de chasse arrêtée, et il serait peut-être obligé de me quitter pour un ou deux jours; mais il ne contracterait plus de nouvelles obligations de ce genre, et je lui serais un prétexte pour les refuser. Je lui répondis qu'il était parfaitement libre et que je n'étais pas venue pour gêner ses plaisirs, mais bien pour rassurer mon cœur effrayé du bruit de tous ces assassinats. Le comte sourit.

J'étais fatiguée du voyage, je me couchai et je m'endormis. A deux heures le comte entra dans ma chambre et me demanda si je voulais faire une promenade sur mer : la journée était superbe, j'acceptai.

Nous descendîmes dans le parc, l'Orne le traversait. Sur une des rives de ce petit fleuve une charmante barque était amarrée ; sa forme était longue et étrange, j'en demandai la cause. Horace me dit qu'elle était taillée sur le modèle des barques javanaises, et que ce genre de construction augmentait de beaucoup sa vitesse. Nous y descendîmes, Horace, Henri et moi ; le Malais se mit à la rame, et nous avançâmes rapidement aidés par le courant. En entrant dans la mer Horace et Henri déroulèrent la longue voile triangulaire qui était liée autour du mât, et sans le secours des rames nous marchâmes avec une rapidité extraordinaire.

C'était la première fois que je voyais l'Océan : ce spectacle magnifique m'absorba tellement que je ne m'aperçus pas que nous gouvernions vers une petite barque qui nous avait fait des signaux. Je ne fus tirée de ma rêverie que par la voix d'Horace, qui héla un des hommes de la barque.

— Holà ! hé ! monsieur le marinier, lui

cria-t-il, qu'avons-nous de nouveau au Havre ?

— Ma foi, pas grand'chose, répondit une voix qui m'était connue ; et à Burcy ?

— Tu le vois, un compagnon inattendu qui nous est arrivé, une ancienne connaissance à toi : madame Horace de Beuzeval, ma femme.

—Comment ! madame de Beuzeval ? s'écria Max, que je reconnus alors.

— Elle-même ; et si tu en doutes, cher ami, viens lui présenter tes hommages.

La barque s'approcha ; Max la montait avec deux matelots : il avait un costume élégant de marinier, et sur l'épaule un filet qu'il s'apprêtait à jeter à la mer. Arrivé près de nous, nous échangeâmes quelques paroles de politesse ; puis Max laissa tomber son filet, monta à bord de notre canot, parla un instant à voix basse avec Henri, me salua et redescendit dans son embarcation.

— Bonne pêche ! lui cria Horace.

—Bon voyage ! répondit Max ; et la barque et le canot se séparèrent.

L'heure du dîner s'approchait, nous rega-
gnâmes l'embouchure de la rivière ; mais le
flux s'était retiré, il n'y avait plus assez d'eau
pour nous porter jusqu'au parc : n..as fûmes
obligés de descendre sur la grève et de remonter par les dunes.

Là je fis le chemin que vous-même fîtes trois
ou quatre nuits après : je me trouvai sur les
galets d'abord, puis dans les grandes herbes ;
enfin je gravis la montagne, j'entrai dans l'abbaye, je vis le cloître et son petit cimetière,
je suivis le corridor, et de l'autre côté d'un
massif d'arbres je me retrouvai dans le parc
du château.

Le soir se passa sans aucune circonstance
remarquable ; Horace fut très-gai, il parla
pour l'hiver prochain d'embellissemens à faire
à notre hôtel de Paris, et pour le printemps
d'un voyage : il voulait emmener ma mère et
moi en Italie, et peut-être acheter à Venise
un de ses vieux palais de marbre, afin d'y
aller passer les saisons du carnaval : Henri
était beaucoup moins libre d'esprit, et parais-

sait préoccupé et inquiet au moindre bruit.
Tous ces petits détails, auxquels je fis à peine
attention dans le moment, se représentèrent
plus tard à mon esprit avec toutes leurs causes
qui m'étaient cachées alors , et que leur résultat me fit comprendre depuis.

Nous nous retirâmes laissant Henri au salon ;
il avait à veiller pour écrire , nous dit-il. On
lui apporta des plumes et de l'encre : il s'éta-
blit près du feu.

Le lendemain matin , comme nous étions a
déjeuner, en entendit sonner d'une manière
particulière à la porte du parc : — Max !... dirent ensemble Horace et Henri ; en effet celui
qu'ils avaient nommé entra presque aussitôt
dans la cour au grand galop de son cheval.

— Ah ! te voilà , dit en riant Horace , je suis
enchanté de te revoir ; mais une autre fois
ménage un peu plus mes chevaux , vois dans
quel état tu as mis ce pauvre Pluton.
— J'avais peur de ne pas arriver à temps,
répondit Max ; puis s'interrompant et se re-

tournant de mon côté. —Madame, me dit-il, excusez-moi de me présenter ainsi botté et éperonné devant vous ; mais Horace a oublié, et je conçois cela, que nous avons pour aujourd'hui une partie de chasse à courre, avec des **Anglais**, continua-t-il, en appuyant sur ce mot : ils sont arrivés hier soir exprès par le bateau à vapeur ; de sorte qu'il ne faut pas que nous, qui sommes tout portés, nous nous trouvions en retard en leur manquant de parole.

— Très-bien, dit Horace, nous y serons.

— Cependant, reprit Max en se retournant de mon côté, je ne sais si maintenant nous pouvons tenir notre promesse ; cette chasse est trop fatigante pour que madame nous accompagne.

—Oh ! tranquillisez-vous, messieurs, m'empressai-je de répondre, je ne suis pas venue ici pour être une entrave à vos plaisirs : allez, et en votre absence je garderai la forteresse.

— Tu vois, dit Horace, Pauline est une véritable châtelaine des temps passés. Il ne lui manque vraiment que des suivantes et des pages, car elle n'a pas même de femme de chambre, la sienne est restée en route et ne sera ici que dans huit jours.

— Au reste, dit Henri, si tu veux demeurer au château, Horace, nous t'excuserons auprès de nos insulaires : rien de plus facile.

— Non pas, reprit vivement le comte ; vous oubliez que c'est moi qui suis le plus engagé dans le pari : il faut donc que je le soutienne en personne. Je vous l'ai dit, Pauline nous excusera.

— Parfaitement, repris-je, et pour vous laisser toute liberté, je remonte dans ma chambre.

— Je vous y rejoins dans un instant, me dit Horace ; et venant à moi avec une galanterie charmante, il me conduisit jusqu'à la porte et me baisa la main.

Je remontai chez moi ; au bout de quelques instans, Horace m'y suivit ; il était déjà en costume de chasse, et venait me dire adieu. Je redescendis avec lui jusqu'au perron et je pris congé de ces messieurs ; ils insistèrent alors de nouveau pour qu'Horace restât près de moi. Mais j'exigeai impérieusement qu'il

les accompagnàt : ils partirent enfin en me
promettant d'être de retour le lendemain
matin.

Je restai seule au château avec le Malais :
cette singulière société eût peut-être effrayé
une autre femme que moi ; mais je savais que
cet homme était tout dévoué à Horace depuis
le jour où il l'avait vu avec son poignard aller
attaquer la tigresse dans ses roseaux : subju-
gué par cette admiration puissante que les na-
tures primitives ont pour le courage, il l'avait
suivi de Bombay en France, et ne l'avait pas
quitté un instant depis. J'eusse donc été parfaitement tranquille si je n'avais eu pour cause
d'inquiétude que son air sauvage et son costume
étrange ; mais j'étais au milieu d'un pays qui,
depuis quelque temps, était devenu le théâtre
des accidens les plus inouis, et quoique je n'en
eusse entendu parler ni à Horace ni à Henri
qui, en leur qualité d'hommes, méprisaient
ou affectaient de mépriser un semblable danger, ces histoires lamentables et sanglantes
me revinrent à l'esprit dès que je fus seule ;
cependant, comme je n'avais rien à craindre

pendant le jour, je descendis dans le parc, et
je résolus d'occuper ma matinée à visiter les
environs du château que j'allais habiter pendant deux mois.

Mes pas se dirigèrent naturellement vers la
partie que je connaissais déjà : je visitai de
nouveau les ruines de l'abbaye, mais cette
fois en détail. Vous les avez explorées, je n'ai
pas besoin de vous les décrire. Je sortis par
le porche ruiné, et j'arrivai bientôt sur la colline qui domine la mer.

C'était la seconde fois que je voyais ce spectacle : il n'avait donc encore rien perdu de sa
puissance; aussi restai-je deux heures assise,
immobile et les yeux fixes, à le contempler.
Au bout de ce temps je le quittai à regret;
mais je voulais visiter les autres parties du
parc. Je redescendis vers la rivière, j'en suivis quelque temps les bords; je retrouvai
amarrée à sa rive la barque sur laquelle nous
avions fait la veille notre promenade, et qui
était appareillée de manière à ce qu'on pût
s'en servir au premier caprice. Elle me rap-

pela, je ne sais pourquoi, ce cheval toujours
sellé dans l'écurie. Cette idée en éveilla une
autre : c'était celle de cette défiance éternelle
qu'avait Horace et que partageaient ses amis,
ces pistolets qui ne quittaient jamais le chevet
de son lit, ces pistolets sur la table quand j'é-
tais arrivée. Tout en paraissant mépriser le
danger, ils prenaient donc des précautions
contre lui? Mais alors, si deux hommes
croyaient ne pas pouvoir déjeuner sans armes, comment me laissaient-ils seule, moi qui
n'avais aucune défense? Tout cela était incompréhensible ; mais, par cela même, quelque effort que je fisse pour chasser ces idées
sinistres de mon esprit, elles y revenaient sans
cesse. Au reste, comme tout en songeant je
marchais toujours, je me trouvai bientôt dans
le plus touffu du bois. Là, au milieu d'une
véritable forêt de chênes, s'élevait un pavillon
isolé et parfaitement fermé : j'en fis le tour ;
mais por es et volets étaient si habilement
joints que je ne pus, malgré ma curiosité,
rien en voir que l'extérieur. Je me promis, la
première fois que je sortirais avec Horace, de
diriger la promenade de ce côté; car j'avais

déjà, si le comte ne s'y opposait pas, jeté mon dévolu sur ce pavillon pour en faire mon cabinet de travail, sa position le rendant parfaitement apte à cette destination.

Je rentrai au château. Après l'exploration extérieure vint la visite intérieure : la chambre que j'occupais donnait d'un côté dans un salon, de l'autre dans la bibliothèque; un corridor régnait d'un bout à l'autre du bâtiment et le partageait en deux. Mon appartement était le plus complet; le reste du château était divisé en une douzaine de petits logemens séparés, composés d'une antichambre, d'une chambre et d'un cabinet de toilette, le tout fort habitable, quoi que m'en eût dit et écrit le comte.

Comme la bibliothèque me paraissait le plus sûr contre-poison à la solitude et à l'ennui qui m'attendaient, je résolus de faire aussitôt connaissance avec les ressources qu'elle pouvait m'offrir : elle se composait en grande partie de romans du dix-huitième siècle, qui annonçaient que les prédécesseurs du comte

avaient un goût décidé pour la littérature de
Voltaire, de Crébillon fils et de Marivaux.
Quelques volumes plus nouveaux, et qui paraissaient achetés par le propriétaire actuel,
faisaient tache au milieu de cette collection :
c'étaient des livres de chimie, d'histoire et de
voyages : parmi ces derniers, je remarquai
une belle édition anglaise de l'ouvrage de Da-
niel sur l'Inde ; je résolus d'en faire le compagnon de ma nuit, pendant laquelle j'espérais
peu dormir. J'en tirai un volume de son
rayon, et je le portai dans ma chambre.

Cinq minutes après le Malais vint m'annoncer par signes que le dîner était servi. Je descendis et trouvai la table dressée dans cette
immense salle à manger. Je ne puis vous dire
quel sentiment de crainte et de tristesse s'empara de moi quand je me vis forcée de dîner
ainsi seule, éclairée par deux bougies dont la
lumière n'atteignait pas les profondeurs de
l'appartement, et permettait à l'ombre d'y
donner aux objets sur lesquels elle s'étendait
les formes les plus bizarres. Ce sentiment pé-
nible s'augmentait encore de la présence de ce

serviteur basané, à qui je ne pouvais commu-
niquer mes volontés que par des signes auxquels, du reste, il obéissait avec une promptitude et une intelligence qui donnaient encore
quelque chose de plus fantastique à ce repas
étrange. Plusieurs fois j'eus envie de lui parler, quoique je susse qu'il ne pourrait pas me
comprendre ; mais, comme les enfans qui n'o-
sent crier dans les ténèbres, j'avais peur d'entendre le son de ma propre voix. Lorsqu'il
eut servi le dessert, je lui fis signe d'aller me
faire un grand feu dans ma chambre; la
flamme du foyer est la compagnie de ceux qui
n'en ont pas; d'ailleurs je comptais ne me
coucher que le plus tard possible, car je me
sentais une terreur à laquelle je n'avais pas
songé pendant la journée, et qui était venue
avec les ténèbres

Lorsque je me trouvai seule dans cette
grande salle à manger, ma terreur s'aug-
menta : il me semblait voir s'agiter les rideaux
blancs qui pendaient devant les fenêtres, pareils à des linceuls; cependant ce n'était pas
la crainte des morts qui m'agitait : les moines

et les abbés dont j'avais foulé en passant les
tombes dormaient de leur sommeil béni, les
uns dans leur cloître, les autres dans leurs
caveaux; mais tout ce que j'avais lu à la campagne, tout ce qu'on m'avait raconté à Caen
me revenait à la mémoire, et je tressaillais au
moindre bruit. Le seul qu'on entendît cependant était le frémissement des feuilles, le murmure lointain de la mer, et ce bruit monotone et mélancolique du vent qui se brise aux
angles des grands édifices et s'abat dans les
cheminées, comme une volée d'oiseaux de
nuit. Je restai ainsi immobile pendant dix
minutes à peu près, n'osant regarder ni
à droite ni à gauche, lorsque j'entendis un
léger bruit derrière moi; je me retournai : c'était le Malais. Il croisa les mains
sur sa poitrine et s'inclina; c'était sa manière d'annoncer que les ordres qu'il avait
reçus étaient accomplis. Je me levai; il prit
les bougies et marcha devant moi; mon appartement, du reste, avait été parfaitement
préparé pour la nuit par ma singulière femme
de chambre, qui posa les lumières sur une table
et me laissa seule.

Mon désir avait été exécuté à la lettre : un feu immense brûlait dans la grande cheminée de marbre blanc supportée par des amours dorés ; sa lueur se répandait dans la chambre et lui donnait un aspect gai, qui contrastait si bien avec ma terreur qu'elle commença à se passer. Cette chambre était tendue de damas rouge à fleurs, et ornée au plafond et aux portes d'une foule d'arabesques et d'enroulemens plus capricieux les uns que les autres, représentant des danses de faunes et de satyres dont les masques grotesques riaient d'un rire d'or au foyer qu'ils reflétaient. Je n'étais cependant pas rassurée au point de me coucher ; d'ailleurs il était à peine huit heures du soir. Je substituai donc simplement un peignoir à ma robe, et, comme j'avais remarqué que le temps était beau, je voulus ouvrir ma fenêtre afin d'achever de me rassurer par la vue calme et sereine de la nature endormie ; mais, par une précaution dont je crus pouvoir me rendre compte en l'attribuant à ces bruits d'assassinats répandus dans les environs, les volets en avaient été fermés en dedans. Je revins donc m'asseoir près de la table au coin de mon feu, m'apprêtant à lire mon voyage dans l'Inde, lorsqu'en jetant les yeux sur le volume je m'aperçus que j'avais apporté le tome second au lieu du tome premier. Je me levai pour aller le changer, lorsqu'à l'entrée de la bibliothèque ma crainte me reprit. J'hésitai un instant ; enfin je me fis honte à moi-même d'une terreur aussi enfantine : j'ouvris hardiment la porte, et je m'avançai vers le panneau où était le reste de l'édition.

En approchant ma bougie des autres tomes pour voir leurs numéros, mes regards plongèrent dans le vide causé par l'absence du volume que par erreur j'avais pris d'abord, et derrière la tablette je vis briller un bouton de cuivre pareil à ceux que l'on met aux serrures, et que cachaient aux yeux les livres rangés sur le devant du panneau. J'avais souvent vu des portes secrètes dans les bibliothèques, et dissimulées par de fausses reliures; rien n'était donc plus naturel qu'une porte du même genre s'ouvrit dans celle-ci. Cependant la direction dans laquelle elle était placée rendait la chose presque impossible :

les fenêtres de la bibliothèque étaient les dernières du bâtiment ; ce bouton était scellé au
lambris en retour de la seconde fenêtre; une
porte pratiquée à cet endroit se serait donc
ouverte sur le mur extérieur.

Je me reculai pour examiner, à l'aide de ma
bougie, si je n'apercevais pas quelque signe
qui indiquât une ouverture; mais j'eus beau
regarder, je ne vis rien. Je portai alors la main
sur le bouton, et j'essayai de le faire tourner ;
mais il résista, je le poussai et je le sentis flé-
chir; je le poussai plus fortement, alors une
porte s'échappa avec bruit, renvoyée vers moi
par un ressort. Cette porte donnait sur un
petit escalier tournant, pratiqué dans l'épaisseur de la muraille.

Vous comprenez qu'une pareille découverte
n'était point de nature à calmer mon effroi.
J'avançai ma bougie au-dessus de l'escalier,
et je le vis s'enfoncer perpendiculairement.
Un instant j'eus l'intention de m'y engager,
je descendis même les deux premières marches;
mais le cœur me manqua. Je rentrai à recu-

lons dans la bibliothèque, et je repoussai la
porte, qui se referma si hermétiquement que
même, avec la certitude qu'elle existait, je
ne pus découvrir ses jointures. Je replaçai
aussitôt le volume de peur qu'on ne s'aperçût
que j'y avais touché, car je ne savais qui in-
téressait ce secret. Je pris au hasard un autre
ouvrage, je rentrai dans ma chambre, je
fermai au verrou la porte qui donnait sur la
bibliothèque, et je revins m'asseoir près du
feu.

Les événemens inattendus acquièrent ou
perdent de leur gravité selon les dispositions
d'esprit tristes ou gaies, ou selon les circonstances plus ou moins critiques dans lesquelles on se trouve. Certes rien de plus
naturel qu'une porte cachée dans une bibliothèque et qu'un escalier tournant pratiqué
dans l'épaisseur d'un mur; mais si l'on dé-
couvre cette porte et cet escalier la nuit, dans
un château isolé, qu'on habite seule et sans
défense; si ce château s'élève au milieu d'une
contrée qui retentit chaque jour du bruit d'un
vol ou d'un assassinat nouveau, si toute une

mystérieuse destinée vous enveloppe depuis
quelque temps, si des pressentimens sinistres
vous ont, vingt fois, fait passer, au milieu d'un
bal, un frisson mortel dans le cœur, tout
alors devient, sinon réalité, du moins spectre
et fantôme; et personne n'ignore par expé-
rience que le danger inconnu est mille fois
plus saisissant et plus terrible que le péril
visible et matérialisé.

C'est alors que je regrettai bien vivement
ce congé imprudent que j'avais donné à
ma femme de chambre. La terreur est une
chose si peu raisonnée qu'elle s'excite ou
se calme sans motifs plausibles. L'être le
plus faible, un chien qui nous caresse, un
enfant qui nous sourit, quoique ni l'un ni
l'autre ne puissent nous défendre, sont, en
ce cas, des appuis pour le cœur, sinon des
armes pour le bras. Si j'avais eu près de moi
cette fille, qui ne m'avait pas quittée depuis
cinq ans, dont je connaissais le dévouement
et l'amitié, sans doute que toute crainte
eût disparu, tandis que seule comme j'étais,

il me semblait que j'étais dévouée à l'avance
et que rien ne pouvait me sauver.

Je restai ainsi deux heures immobile, la
sueur de l'effroi sur le front. J'écoutai sonner
à ma pendule dix heures, puis onze heures;
et à ce bruit si naturel cependant, je me cram-
ponnais chaque fois aux bras de mon fauteuil.
Entre onze heures et onze heures et demie,
il me sembla entendre la détonation lointaine
d'un coup de pistolet; je me soulevai à demi,
appuyée sur le chambranle de la cheminée;
puis, tout étant rentré dans le silence, je
retombai assise et la tête renversée sur le dos-
sier de ma bergère. Je restai encore ainsi quelque temps les yeux fixes et n'osant les détourner du point que je regardais, de peur qu'ils
ne rencontrassent, en se retournant, quelque
cause de crainte réelle. Tout-à-coup il me
sembla, au milieu de ce silence absolu, que
la grille, qui était en face du perron et qui
séparait le jardin du parc, grinçait sur ses
gonds. L'idée qu'Horace rentrait chassa à
l'instant toute ma terreur; je m'élançai à la
fenêtre, oubliant que mes volets étaient

clos ; je voulus ouvrir la porte du corridor,
soit maladresse, soit précaution, le Malais
l'avait fermée aussi en se retirant : j'étais pri-
sonnière. Je me rappelai alors que les fenêtres de la bibliothèque donnaient comme
les miennes sur le préau, je tirai le verrou,
et par un de ces mouvemens bizarres qui font
succéder le plus grand courage à la plus
grande faiblesse, j'y entrai sans lumière
car ceux qui venaient à cette heure pouvaient n'être pas Horace et ses amis, et ma
lumière dénonçait que la chambre était habitée. Les volets étaient poussés seulement,
j'en écartai un, et au clair de la lune j'a-
perçus distinctement un homme qui venait
d'ouvrir l'un des battans de la grille et le tenait entrebâillé, tandis que deux autres, portant un objet que je ne pouvais distinguer,
franchissaient la porte que leur compagnon
referma derrière eux. Ces trois hommes ne
s'avançaient pas vers le perron, mais tour-
naient autour du château; cependant, comme
le chemin qu'ils suivaient les rapprochait
de moi, je commençai à reconnaître la forme
du fardeau qu'ils portaient; c'était un corps

enveloppé dans un manteau. Sans doute, la
vue d'une maison qui pouvait être habitée
donna quelque espoir à celui ou à celle qu'on
enlevait. Une espèce de lutte s'engagea sous
ma fenêtre; dans cette lutte un bras se déga-
gea, ce bras était couvert d'une manche de
robe; il n'y avait plus de doute, la victime
était une femme... Mais tout ceci fut rapide
comme l'éclair, le bras, saisi vigoureusement
par l'un des trois hommes, rentra sous le
manteau, l'objet reprit l'apparence informe
d'un fardeau quelconque; puis tout disparut
à l'angle du bâtiment et dans l'ombre d'une
allée de marroniers, qui conduisait au petit
pavillon fermé, que j'avais découvert la veille
au milieu du massif de chênes.

Je n'avais pas pu reconnaître ces hommes;
tout ce que j'en avais distingué, c'est qu'ils
étaient vêtus en paysans : mais, s'ils étaient
véritablement ce qu'ils paraissaient être, comment venaient-ils au château ? comment s'é-
taient-ils procuré une clef de la grille ? Était-
ce un rapt ? était-ce un assassinat ? Je n'en
savais rien. Mais certainement c'était l'un ou

l'autre : tout cela d'ailleurs était si incompréhensible et si étrange que parfois je me demandais si je n'étais pas sous l'empire d'un
rêve; au reste, on n'entendait aucun bruit, la
nuit poursuivait son cours calme et tranquille,
et moi j'étais restée debout à la fenêtre, immobile de terreur, n'osant quitter ma place,
de peur que le bruit de mes pas n'éveillât le
danger, s'il en était qui me menaçât. Tout-à-
coup je me rappelai cette porte dérobée, cet
escalier mystérieux; il me sembla entendre
un bruit sourd de ce côté, je m'élançai dans
ma chambre, refermai et verrouillai la porte;
puis j'allai retomber dans mon fauteuil sans
remarquer que, pendant mon absence, une
des deux bougies s'était éteinte.

Cette fois ce n'était plus une crainte vague
et sans cause qui m'agitait, c'était quelque
crime bien réel qui rôdait autour de moi et
dont j'avais de mes yeux distingué les agens.
Il me semblait à tout moment que j'allais voir
s'ouvrir une porte cachée, ou entendre glisser
quelque panneau inaperçu; tous ces petits
bruits si distincts pendant la nuit et que cause

un meuble qui craque ou un parquet qui
se disjoint, me faisaient bondir d'effroi, et
j'entendais, dans le silence, mon cœur battre
à l'unisson du balancier de la pendule. A ce
moment la flamme de ma bougie consumée
atteignit le papier qui l'entourait, une lueur
momentanée se répandit par toute la chambre,
puis s'en alla décroissante, un pétillement se
fit entendre pendant quelques secondes ; puis
la mèche, s'enfonçant dans la cavité du flambeau, s'éteignit tout-à-coup et me laissa sans
autre lumière que celle du foyer.

Je cherchai des yeux autour de moi si j'a-
vais du bois pour l'alimenter : je n'en aperçus
point. Je rapprochai les tisons les uns des autres, et pour un moment le feu reprit une
nouvelle ardeur ; mais sa flamme tremblante
n'était point une lumière propre à me rassurer : chaque objet était devenu mobile comme
la lueur nouvelle qui l'éclairait, les portes se
balançaient, les rideaux semblaient s'agiter,
de longues ombres mouvantes passaient sur le
plafond et sur les tapisseries. Je sentais que
j'étais prête à me trouver mal, et je n'étais

préservée de l'évanouissement que par la terreur même; en ce moment ce petit bruit qui
précède le tintement de la pendule se fit entendre et minuit sonna.

Cependant je ne pouvais passer la nuit entière dans ce fauteuil ; je sentais le froid me
gagner lentement. Je pris la résolution de me
coucher tout habillée, je gagnai le lit sans regarder autour de moi, je me glissai sous la
couverture, et je tirai le drap par-dessus ma
tête. Je restai une heure à peu près ainsi sans
songer même à la possibilité du sommeil. Je
me rappellerai cette heure toute ma vie : une
araignée faisait sa toile dans la boiserie de
l'alcove, et j'écoutais le travail incessant de
l'ouvrière nocturne : tout-à-coup il cessa,
interrompu par un autre bruit; il me sembla
entendre le petit cri qu'avait faite, lorsque
j'avais poussé le bouton de cuivre, la porte de
la bibliothèque ; je sortis vivement ma tête de
la couverture, et, le cou raidi, retenant mon
haleine, la main sur mon cœur pour l'empêcher de battre, j'aspirai le silence, doutant
encore; bientôt je ne doutai plus.

Je ne m'étais pas trompée, le parquet cra-
qua sous le poids d'un corps ; des pas s'approchèrent et heurtèrent une chaise ; mais sans
doute celui qui venait craignit d'être, entendu, car tout bruit cessa aussitôt, et le silence
le plus absolu lui succéda. L'araignée reprit
sa toile... Oh ! tous ces détails, voyez-vous !...
tous ces détails, ils sont présens à ma mémoire comme si j'étais là encore, couchée
sur ce lit et dans l'agonie de la terreur.

J'entendis de nouveau un mouvement dans
la bibliothèque, on se remit en marche en s'approchant de la boiserie à laquelle était adossé
mon lit ; une main s'appuya contre la cloison :
je n'étais plus séparée de celui qui venait ainsi
que par l'épaisseur d'une planche. Je crus entendre glisser un panneau... je me tins immobile et comme si je dormais : le sommeil était
ma seule arme ; le voleur, si c'en était un,
comptant que je ne pourrais ni le voir ni l'entendre, m'épargnerait peut-être, jugeant ma
mort inutile ; mon visage tourné vers la tapis-
serie était dans l'ombre, ce qui me permit de
garder les yeux ouverts. Alors je vis remuer

1.                                              17

mes rideaux, une main les écarta lentement ;
puis, encadrée dans leur draperie rouge, une
tête pâle s'avança ; en ce moment la dernière
lueur du foyer, tremblante au fond de l'alcôve,
éclaira cette apparition. Je reconnus le comte
Horace, et je fermai les yeux !...

Lorsque je les rouvris, la vision avait disparu ; quoique mes rideaux fussent encore
agités, j'entendis le frôlement du panneau qui
se refermait, puis le bruit décroissant des pas,
puis le cri de la porte ; enfin tout redevint
tranquille et silencieux. Je ne sais combien
de temps je restai ainsi sans haleine et sans
mouvement ; mais vers le commencement du
jour à peu près, brisée par cette veille douloureuse, je tombai dans un engourdissement
qui ressemblait au sommeil.

# CHAPITRE XII.

# XII

Je fus réveillée par le Malais, qui frappait à la porte que j'avais fermée en dedans; je m'étais couchée tout habillée, comme je vous l'ai dit; j'allai donc tirer les verroux, le domestique ouvrit mes volets, et je vis rentrer dans ma chambre le jour et le soleil. Je m'élançai vers la fenêtre.

C'était une de ces belles matinées d'au-

tomne où le ciel, avant de se couvrir de son
voile de nuages, jette un dernier sourire à la
terre; tout était si calme et si tranquille dans
ce parc que je commençai à douter presque de
moi-même. Cependant les événemens de la nuit
étaient demeurés bien vivans dans mon cœur;
puis les lieux mêmes qu'embrassait ma vue
me rappelaient leurs moindres détails. Je re-
voyais la grille qui s'était ouverte pour donner passage à ces trois hommes et à cette
femme, l'allée qu'ils avaient suivie, les pas
dont l'empreinte, était restée sur le sable,
plus visibles à l'endroit où la victime s'était
débattue, car ceux qui l'emportaient s'étaient
cramponnés avec force pour maîtriser ses mouvemens; ces pas suivaient la direction que j'ai
déjà indiquée, et disparaissaient sous l'allée de
tilleuls. Je voulus voir alors, pour renforcer
encore, s'il était possible, le témoignage de mes
sens, si quelques nouvelles preuves se join-
draient à celle-ci; j'entrai dans la bibliothèque; le volet était à demi ouvert comme
je l'avais laissé, une chaise renversée au milieu de la chambre était celle que j'avais entendue tomber; je m'approchai du panneau,

et, regardant avec une attention profonde, je
vis la rainure imperceptible sur laquelle il
glissait; j'appuyai ma main sur la moulure
il céda ; en ce moment on ouvrit la porte de
ma chambre, je n'eus que le temps de re-
pousser le panneau et de saisir un livre dans
la bibliothèque.

C'était le Malais, il venait me chercher pour
déjeuner, je le suivis.

En entrant dans la salle à manger je tressaillis de surprise, je comptais y trouver Horace, et non seulement il n'y était pas, mais
encore je ne vis qu'un couvert. — Le comte
n'est-il point rentré? m'écriai-je.

Le Malais me fit signe que non.

— Non ! murmurai-je stupéfaite.
—Non, répéta-t-il encore du geste. Je tombai
sur ma chaise : le comte n'était pas rentré !...et
cependant je l'avais vu, moi, il était venu à
mon lit, il avait soulevé mes rideaux une
heure après que ces trois hommes... Mais ces

trois hommes, n'étaient-ce pas le comte et ses
deux amis; Horace, Max et Henri, qui enle-
vaient une femme!... eux seuls en effet pouvaient avoir la clef du parc : entrer ainsi li-
brement sans être vus ni inquiétés; plus de
doute, c'était cela. Voilà pourquoi le comte
n'avait pas voulu me laisser venir au château; voilà pourquoi il m'avait reçue si froidement; voilà pourquoi il avait prétexté une
partie de chasse. L'enlèvement de cette femme
était arrêté avant mon arrivée; l'enlèvement
était accompli. Le comte ne m'aimait plus,
il aimait une autre femme, et cette femme
était dans le château : dans le pavillon sans
doute!

Oui; et le comte, pour s'assurer que je n'a-
vais rien vu, rien entendu, que j'étais enfin
sans soupçons, était remonté par l'escalier de
la bibliothèque, avait poussé la boiserie,
écarté mes rideaux, et, certain que je dormais, était retourné à ses amours. Tout m'é-
tait expliqué, clair et précis comme si je
l'eusse vu. En un instant ma jalousie avait
percé l'obscurité, abattu les murailles; rien

ne me restait plus à apprendre : je sortis, j'é-
touffais!

On avait déjà effacé la trace des pas, le râ-
teau avait nivelé le sable. Je suivis l'allée de
tilleuls, je gagnai le massif de chênes, je vis
le pavillon, je tournai autour : il était clos et
semblait inhabité, comme la veille. Je rentrai
au château, je montai dans ma chambre, je
me jetai dans cette bergère où la nuit précédente j'avais passé de si cruelles heures, et je
m'étonnai de mon effroi!... C'était l'ombre,
c'étaient les ténèbres, ou plutôt c'était l'absence d'une passion violente, qui avait ainsi
affaibli mon cœur !...

Je passai une partie de la journée à me pro-
mener dans ma chambre, à ouvrir et fermer
la fenêtre, attendant le soir avec autant d'impatience que j'avais la veille de crainte de le
voir venir. On vint m'annoncer que le dîner
était servi. Je descendis ; je vis, comme le matin, un seul couvert, et près du couvert une
lettre. Je reconnus l'écriture d'Horace, et je
brisai vivement le cachet.

Il s'excusait auprès de moi de me laisser deux jours ainsi seule; mais il n'avait pu revenir, sa parole était engagée avant mon arrivée, et il avait dû la tenir; quoi qu'il lui en coûtât. Je froissai la lettre entre mes mains sans l'achever, et je la jetai dans la cheminée; puis je m'efforçai de manger pour détourner les soupçons du Malais, et je remontai dans ma chambre.

Ma recommandation de la veille n'avait pas été oubliée: je trouvai grand feu; mais ce soir, ce n'était plus cela qui me préoccupait. J'avais tout un plan à arrêter; je m'assis pour réfléchir. Quant à la peur de la veille, elle était complétement oubliée !

Le comte Horace et ses amis étaient rentrés par la grille; car ces hommes, c'étaient bien eux et lui. Ils avaient conduit cette femme au pavillon; puis le comte était remonté par l'escalier dérobé pour s'assurer si j'étais bien endormie, et si je n'avais rien vu ou entendu. Je n'avais donc qu'à suivre l'escalier; à mon tour je faisais le même chemin que lui, j'al-

lais là, d'où il était venu : j'étais décidée à
suivre l'escalier.

Je regardai la pendule, elle marquait huit
heures un quart; j'allai à mes volets, ils n'é-
taient pas fermés. Sans doute il n'y avait rien
à voir cette nuit, puisque la précaution de
la veille n'avait pas été prise : j'ouvris la fenêtre.

La nuit était orageuse, j'entendais le tonnerre au loin, et le bruit de la mer qui se bri-
sait sur la plage venait jusqu'à moi. Il y avait
dans mon cœur une tempête plus terrible que
celle de la nature, et mes pensées se heurtaient dans ma tête plus sombres et plus pres-
sées que les vagues de l'océan. Deux heures
s'écoulèrent ainsi sans que je fisse un mouvement, sans que mes yeux quittassent une petite statue perdue dans un massif d'arbres : il
est vrai que je ne la voyais pas.

Enfin je pensai que le moment était venu :
je n'entendais plus aucun bruit dans le château;
cette même pluie qui, pendant cette même

soirée du 27 au 28 septembre, vous fit chercher un abri dans les ruines, commençait à tomber par torrens : je laissai un instant ma tête exposée à l'eau du ciel, puis je rentrai, refermant ma fenêtre et repoussant mes volets.

Je sortis de ma chambre et fis quelques pas dans le corridor. Aucun bruit ne veillait dans le château ; le Malais était couché, sans' doute, ou il servait son maître dans une autre partie de l'habitation. Je rentrai chez moi et je mis les verroux. Il était dix heures et demie : on n'entendait que les plaintes de l'ouragan, dont le bruit me servait en couvrant celui que je pourrais faire. Je pris une bougie, et je m'avançai vers la porte de la bibliothèque : elle était fermée à la clef !...

On m'y avait vue le matin, on craignait que je ne découvrisse l'escalier : on m'en avait clos l'issue. Heureusement que le comte avait pris la peine de m'en indiquer une autre.

Je passai derrière mon lit, je pressai la

moulure mobile, la boiserie glissa, et je me
trouvai dans la bibliothèque.

J'allai droit, d'un pas ferme et sans hésiter
à la porte dérobée, j'enlevai le volume qui ca-
chait le bouton, je poussai le ressort , le panneau s'ouvrit.

Je m'engageai dans l'escalier, il offrait juste
passage à une personne; je descendis trois
étages. A chaque étage j'écoutai, je n'entendis
rien.

Au bas du troisième étage, je trouvai une
seconde porte; elle était fermée au pêne seulement. A la première tentative que je fis pour
l'ouvrir elle céda.

Je me trouvai sous une voûte qui s'enfonçait
hardiment et en droite ligne. Je la suivis pendant cinq minutes à peu près; puis je trouvai
une troisième porte, comme la seconde; elle
n'opposa aucune résistance : elle donnait sur un
autre escalier pareil à celui de la bibliothèque,
mais qui n'avait que deux étages. De celui-là on

sortait par un panneau de fer carré : en l'entr'ouvrant j'entendis des voix. J'éteignis ma
bougie, je la posai sur la dernière marche ;
puis je me glissai par l'ouverture : elle était
produite par le déplacement d'une plaque de
cheminée. Je la repoussai doucement, et je
me trouvai dans une espèce de laboratoire de
chimiste, très-faiblement éclairé : la lumière
de la chambre voisine ne pénétrant dans ce
cabinet qu'au moyen d'une ouverture ronde,
placée au haut d'une porte et voilée par un
petit rideau vert. Quant aux fenêtres, elles
étaient si soigneusement fermées que, même
pendant le jour, toute clarté extérieure devait être interceptée.

Je ne m'étais pas trompée lorsque j'avais
cru entendre parler. La conversation était
bruyante dans la chambre attenante : je reconnus la voix du comte et de ses amis. J'approchai une chaise de la porte, et je montai
sur la chaise ; de cette manière j'atteignis jusqu'au carreau, et ma vue plongea dans l'appartement.

Le comte Horace, Max et Henri étaient à table ; pourtant l'orgie tirait à sa fin. Le Malais les servait, debout derrière le comte. Chacun des convives était vêtu d'une blouse bleue, portait un couteau de chasse à la ceinture, et avait une paire de pistolets à portée de sa main. Horace se leva comme pour s'en aller.

— Déjà? lui dit Max.

— Que voulez-vous que je fasse ici? répondit le comte.

— Bois ! dit Henri en levant son verre.

— Le beau plaisir de boire avec vous, reprit le comte ; à la troisième bouteille vous voilà ivres comme des portefaix.

— Jouons !...

— Je ne suis pas un filou pour vous gagner votre argent quand vous n'êtes pas en état de le défendre, dit le comte en haussant les épaules et en se tournant à demi.

— Eh bien! alors, fais la cour à notre belle Anglaise ; ton domestique a pris ses précautions pour qu'elle ne soit pas cruelle. Sur ma parole, voilà un gaillard qui s'y entend. Tiens, mon brave.

Max donna au Malais une poignée d'or.

— Généreux comme un voleur ! dit le comte.

—Voyons, voyons, ce n'est pas répondre, repartit Max en se levant à son tour. Veux-tu de la femme ou, n'en veux-tu pas ?

— Je n'en veux pas.

— Alors, je la prends.

—Un instant! s'écria Henri en étendant la main; il me semble que je suis bien quelqu'un ou quelque chose ici, et que j'ai des droits comme un autre. Qui est-ce qui a tué le mari ?

—Au fait, c'est un antécédent, dit en riant le comte.

Un gémissement se fit entendre à ce mot. Je tournai les yeux du côté où il venait : une femme était étendue sur un lit à colonnes, les bras et les jambes liés aux quatre supports du baldaquin. Mon attention avait été tellement absorbée sur un seul point que je ne l'avais pas aperçue d'abord.

— Oui, continua Max ; mais qui les a attendus au Havre ? qui est accouru ici à franc étrier pour vous avertir ?

— Diable ! fit le comte, voilà qui devient embarrassant, et il faudrait être le roi Salomon en personne pour décider qui a le plus de droits de l'espion ou de l'assassin.

— Il faut pourtant que cela se décide, dit Max. Tu m'y as fait penser, à cette femme, et voilà que j'en suis amoureux maintenant.

— Et moi de même, dit Henri. Ainsi, puisque tu ne t'en soucies pas, toi, donne-la à celui de nous deux que tu voudras.

— Pour que l'autre m'aille dénoncer à la suite de quelque orgie où, comme aujourd'hui, il ne saura plus ce qu'il fait, n'est-ce pas ? Oh ! que non, messieurs. Vous êtes beaux, vous êtes jeunes, vous êtes riches, vous avez dix minutes pour lui faire la cour. Allez, mes don Juan.

—A la cour près, ce que tu viens de dire est une idée, répondit Henri. Qu'elle choisisse elle-même celui qui lui conviendra le mieux.

— Allons, soit, répondit Max ; mais qu'elle

se dépêche. Explique-lui cela , toi qui parles toutes les langues.

— Volontiers, dit Horace. Puis se tournant vers la malheureuse femme :—Milady, lui dit-il dans l'anglais le plus pur, voici deux brigands de mes amis, tous deux de bonne famille, au reste, ce dont on peut vous donner la preuve sur parchemin si vous le désirez, qui, élevés dans les principes de la secte platonique, c'est-à-dire du partage des biens, ont commencé par manger les leurs ; puis, trouvant alors que tout était mal arrangé dans la société, ont eu la vertueuse idée de s'embusquer sur les grandes routes où elle passe, pour corriger ses injustices, rectifier ses erreurs et équilibrer ses inégalités. Depuis cinq ans, à la plus grande gloire de la philosophie et de la police, ils s'occupent religieusement de cette mission, qui leur donne de quoi figurer de la manière la plus honorable dans les salons de Paris, et qui les conduira, comme cela est arrivé pour moi, à quelque bon mariage qui les dispensera de continuer de faire les Karl Moor et les Jean Sbogar. En attendant, comme il n'y a dans ce château que

ma femme, et que je ne veux pas la leur
donner, ils vous supplient bien humblement
de choisir, entre eux deux, celui qui vous
conviendra le plus; faute de quoi, ils vous
prendront tous les deux. Ai-je parlé en
bon anglais, madame, et m'avez-vous compris?...

— Oh! si vous avez quelque pitié dans le
cœur, s'écria la pauvre femme, tuez-moi!
tuez-moi!

— Que répond-elle? murmura Max.

— Elle répond que c'est infâme, voilà tout,
dit Horace; et j'avoue je suis un peu de son
avis.

— Alors... dirent ensemble Max et Henri
en se levant.

— Alors, faites comme vous voudrez, répondit Horace; et il se rassit, se versa un
verre de vin de champagne et but.

— Oh! tuez-moi donc! tuez-moi donc!
s'écria de nouveau la femme en voyant les
deux jeunes gens prêts à s'avancer vers elle.

En ce moment ce qu'il était facile de prévoir
arriva : Max et Henri, échauffés par le vin, se

trouvèrent face à face, et poussés par le même désir, se regardèrent avec colère.

— Tu ne veux donc pas me la céder ? dit Max.

— Non! répondit Henri.

— Eh bien! alors, je la prendrai.

— C'est ce qu'il faudra voir.

— Henri! Henri! dit Max en grinçant des dents, je te jure sur mon honneur que cette femme m'appartiendra!

— Et moi, je te promets sur ma vie qu'elle sera à moi; et je tiens plus à ma vie, je crois, que tu ne tiens à ton honneur.

Alors ils firent chacun un pas en arrière, tirèrent leurs couteaux de chasse et revinrent l'un contre l'autre.

— Mais par grâce, par pitié, au nom du ciel, tuez-moi donc! cria pour la troisième fois la femme couchée.

— Qu'est-ce que vous venez de dire ? s'écria Horace toujours assis, s'adressant a En deux jeunes gens d'un ton de maitre.

—J'ai dit, répondit Max en portant un coup à Henri, que ce serait moi qui aurais cette femme.

—Et moi, reprit Henri, pressant à son tour son adversaire, j'ai dit que ce serait, non pas lui, mais moi; et je maintiens ce que j'ai dit.

—Eh bien! murmura Horace, vous en avez menti tous les deux; vous ne l'aurez ni l'un ni l'autre.

A ces mots il prit sur la table un pistolet, le leva lentement dans la direction du lit et fit feu : la balle passa entre les combattans et alla frapper la femme au cœur.

A cette vue, je jetai un cri affreux et je tombai évanouie, et aussi morte en apparence que celle qui venait d'être frappée.

# CHAPITRE XIII.

# XIII

Lorsque je revins à moi j'étais dans le caveau : le comte, guidé par le cri que j'avais poussé et par le bruit de ma chute, m'avait sans doute trouvée dans le laboratoire, et, profitant de mon évanouissement, qui avait duré plusieurs heures, m'avait transportée dans cette tombe : il y avait près de moi, sur une pierre, une lampe, un verre, une lettre :

le verre contenait du poison; — quant à la
lettre, je vais vous la dire :

— Hésitez-vous à me la montrer, m'écriai-
je, et n'êtes-vous confiante qu'à demi?

— Je l'ai brûlée, me répondit Pauline;
mais soyez tranquille : je n'en ai pas oublié
une parole.

« Vous avez voulu que la carrière du crime
fût complète pour· moi, Pauline : vous avez
tout vu, tout entendu : je n'ai donc plus rien
à vous apprendre : vous savez qui je suis, ou
plutôt ce que je suis.

» Si le secret que vous avez surpris était à
moi seul, si nulle autre vie que la mienne
n'était en jeu, je la risquerais plutôt que de
faire tomber un seul cheveu de votre tête.
Je vous le jure, Pauline.

» Mais une indiscrétion involontaire, un
signe d'effroi arraché à votre souvenir, un
mot échappé dans vos rêves, peut conduire à
l'échafaud non seulement moi, mais encore
deux autres hommes. Votre mort assure trois
existences : il faut donc que vous mouriez.

» J'ai eu un instant l'idée de vous tuer pendant que vous étiez évanouie; mais je n'en ai pas eu le courage, car vous êtes la seule femme que j'aie aimée, Pauline : si vous aviez suivi mon conseil, ou plutôt obéi à mes ordres, vous seriez à cette heure près de votre mère. Vous êtes venue malgré moi : ne vous en prenez donc qu'à vous de votre destinée.

» Vous vous réveillerez dans un caveau où nul n'est descendu depuis vingt ans, et dans lequel d'ici à vingt ans peut-être nul, ne descendra encore. N'ayez donc aucun espoir de secours, car il serait inutile. Vous trouverez du poison près de cette lettre : tout ce que je puis faire pour vous est de vous offrir une mort prompte et douce au lieu d'une agonie lente et douloureuse. Dans l'un ou l'autre cas, et quelque parti que vous preniez, à compter de cette heure, vous êtes morte.

» Personne ne vous a vue, personne ne vous connaît; cette femme que j'ai tuée pour mettre Max et Henri d'accord, sera ensevelie à votre place, ramenée à Paris dans les caveaux de votre famille, et votre mère pleurera sur elle, croyant pleurer sur son enfant.

» Adieu, Pauline. Je ne vous demande ni oubli ni miséricorde : il y a long-temps que je suis maudit, et votre pardon ne me sauverait pas. »

— C'est atroce, m'écriai-je ; ô mon Dieu, mon Dieu! que vous avez dû souffrir !

—Oui. Aussi tout ce qui me resterait à vous raconter ne serait que mon agonie : ainsi donc...

— N'importe, m'écriai-je en l'interrompant, n'importe ; dites-la.

— Je lus cette lettre deux ou trois fois : je ne pouvais pas me convaincre moi-même de sa réalité. Il y a des choses contre lesquelles la raison se révolte : on les a devant soi, sous la main, sous les yeux; on les regarde, on les touche, et l'on n'y croit pas. J'allai en silence à la grille ; elle était fermée; je fis deux ou trois fois en silence le tour de mon caveau, frappant ses murs humides de mon poing incrédule; puis je revins m'asseoir en silence dans un angle de mon tombeau. J'étais bien enfermée ; à la lueur de de la lampe je voyais bien la lettre et le poison ; cependant je doutais encore ; je disais, comme on se le dit quelquefois en songe : Je dors, je vais m'éveiller.

Je restai, ainsi assise et immobile jusqu'au moment où ma lampe se mit à pétiller. Alors une idée affreuse, qui ne m'était pas venue jusque là, me vint tout-à-coup ; c'est qu'elle allait s'éteindre. Je jetai un cri de terreur et m'élançai vers elle : l'huile était presque épuisée. J'allais faire dans l'obscurité mon apprentissage de la mort.

Oh ! que n'aurais-je pas donné pour avoir de l'huile à verser dans cette lampe. Si j'avais pu l'alimenter de mon sang, je me serais ouvert les veines avec mes dents. Elle pétillait toujours ; à chaque pétillement sa lumière était moins vive, et le cercle de ténèbres, qu'elle avait éloignés lorsqu'elle brillait dans tout sa force, se rapprochait graduellement de moi. J'étais près d'elle, à genoux, les mains jointes ; je ne pensais pas à prier Dieu, je la priais, elle...

Enfin elle commença de lutter contre l'obscurité, comme j'allais bientôt moi-même commencer de lutter contre la mort. Peut-être l'animais-je de mes propres sentimens ; mais il me semblait qu'elle se cramponnait à la vie, et qu'elle tremblait de laisser éteindre ce feu qui était son ame. Bientôt l'agonie arriva pour elle avec toutes ses phases ; elle eut des lueurs brillantes, comme un moribond a des retours de force ; elle jeta des clartés plus lointaines qu'elle n'avait jamais fait, comme au milieu de son délire l'esprit fiévreux voit quelquefois au-delà des limites assignées à la vue humaine ; puis la langueur de l'épuisement leur succéda ; la flamme vacilla pareille à ce dernier souffle qui tremble aux lèvres d'un mourant ; enfin elle s'éteignit, emportant avec elle la clarté, qui est la moitié de la vie.

Je retombai dans l'angle de mon cachot. A compter de ce moment, je ne doutai plus : car, chose étrange, c'était depuis que j'avais cessé de voir la lettre et le poison que j'étais bien certaine qu'ils étaient là.

Tant que j'avais vu clair je n'avais point

fait attention au silence : dès que la lumière fut éteinte, il pesa sur mon cœur de tout le poids de l'obscurité. Au reste, il avait quelque chose de si funèbre et de si profond qu'eussé-je eu la chance d'être entendue, j'eusse hésité peut-être à crier. Oh ! c'était bien un de ces silences mortuaires qui viennent s'asseoir pendant l'éternité sur la pierre des tombes.

Une chose bizarre, c'est que l'approche de la mort m'avait presque fait oublier celui qui la causait : je pensais à ma situation, j'étais absorbée dans ma terreur ; mais je puis le dire, et Dieu le sait, si je ne pensai pas à lui pardonner, je ne songeai pas non plus à le maudire. Bientôt je commençai à souffrir de la faim.

Un temps que je ne pus calculer s'écoula, pendant lequel probablement le jour s'était éteint et la nuit était venue : car, lorsque le soleil reparut, un rayon, qui pénétrait par quelque gerçure du sol, vint éclairer la base d'un pilier. Je jetai un cri de joie, comme si ce rayon m'apportait un espoir.

Mes yeux se fixèrent sur ce rayon avec tant
de persévérance que je finis par distinguer
parfaitement tous les objets répandus sur la
surface qu'il éclairait : il y avait quelques
pierres, un éclat de bois et une touffe de
mousse : en revenant toujours à la même
place, il avait fini par tirer de terre cette
pauvre et débile végétation. Oh! que n'aurais-je pas donné pour être à la place de cette
pierre, de cet éclat de bois et de cette mousse,
afin de revoir le ciel encore une fois à travers cette ride de la terre.

Je commençai à éprouver une soif ardente
et à sentir mes idées se confondre : de temps
en temps des nuages sanglans passaient devant mes yeux, et mes dents se serraient
comme dans une crise nerveuse; cependant
j'avais toujours les yeux fixés sur la lumière.
Sans doute elle entrait par une ouverture bien
étroite, car lorsque le soleil cessa de l'éclairer
en face, le rayon se ternit et devint à peine
visible. Cette disparition m'enleva ce qui me
restait de courage : je me tordis de rage et
je sanglotai convulsivement.

Ma faim s'était changée en une douleur ai-
guë à l'estomac. La bouche me brûlait; j'é-
prouvais le désir de mordre; je mis une tresse
de mes cheveux entre mes dents, et je la
broyai. Bientôt je me sentis prise d'une fièvre
sourde, quoique mon pouls battît à peine.
Je commençai à penser au poison : alors je
me mis à genoux et je joignis les mains pour
prier; mais j'avais oublié mes prières : impossible de me rappeler autre chose que quelques phrases entrecoupées et sans suite. Les
idées les plus opposées se heurtaient à la fois
dans mon cerveau, un motif de musique de
*la Gazza* bourdonnait incessamment à mes
oreilles; je sentais moi-même que j'étais en
proie à un commencement de délire. Je me
laissai tomber tout de mon long, et la face
contre terre.

Un engourdissement, produit par les émotions et la fatigue que j'avais éprouvées, s'empara de moi : je m'assoupis, sans que le sentiment de ma position cessât de veiller en moi.
Alors commença une série de rêves plus
incohérens les uns que les autres. Ce som-

meil douloureux, loin de me rendre quelque
repos, me brisa. Je me réveillai avec une faim
et une soif dévorantes : alors je pensai une seconde fois au poison qui était là près de moi,
et qui pouvait me donner une fin douce et rapide. Malgré ma faiblesse, malgré mes hallu-
cinations, malgré cette fièvre sourde qui fré-
missait dans mes artères, je sentais que la
mort était encore loin, qu'il me faudrait
l'attendre bien des heures, et que de ces
heures les plus cruelles n'étaient point pas-
sées : alors je pris la résolution de revoir une
fois encore ce rayon de jour qui, la veille, était
venu me visiter, comme un consolateur qui
se glisse dans le cachot du prisonnier. Je restai les yeux fixés vers l'endroit où il devait
paraître : cette attente et cette préoccupation
calmèrent un peu les souffrances atroces que
j'éprouvais.

Le rayon désiré parut enfin. Je le vis descendre pâle et blafard : ce jour-là le soleil
était voilé sans doute. Alors tout ce qu'il éclairait sur la terre se représentait à moi : ces
arbres, ces prairies, cette eau si belle ; Paris,

que je ne reverrais plus ; ma mère, que j'avais quittée pour toujours, ma mère, qui déjà peut-être avait reçu la nouvelle de ma mort et qui pleurait sa fille vivante. A tous ces aspects et à tous ces souvenirs, mon cœur se gonfla, j'éclatai en sanglots et je fondis en pleurs : c'était la première fois depuis que j'étais dans ce caveau. Peu à peu le paroxisme se calma, mes sanglots s'éteignirent, mes larmes coulèrent silencieuses. Ma résolution était toujours prise de m'empoisonner ; cependant je souffrais moins.

Je restai, comme la veille, les yeux sur ce rayon tant qu'il brilla ; puis, comme la veille, je le vis pâlir et disparaître... Je le saluai de la main... et je lui dis adieu de la voix, car j'étais décidée à ne pas le revoir.

Alors je me repliai sur moi-même et me concentrai en quelque sorte dans mes dernières et suprêmes pensées. Je n'avais pas fait dans toute ma vie, comme jeune fille ou comme femme, une action mauvaise ; je mourais sans

aucun sentiment de haine ni sans aucun désir de vengeance : Dieu devait donc m'ac-
cueillir comme sa fille, la terre ne pouvait me
manquer que pour le ciel ; c'était la seule
idée consolante qui me restât : je m'y at-
tachai.

Bientôt il me sembla que cette idée se répandait non seulement en moi, mais autour
de moi ; je commençai d'éprouver cet enthousiasme saint qui fait le courage des martyrs.
Je me levai tout debout et la tête vers le
ciel, et il me sembla que mes yeux perçaient
la voûte, perçaient la terre et arrivaient jusqu'au trône de Dieu. En ce moment mes douleurs mêmes étaient comprimées par l'exaltation religieuse; je marchai vers la pierre où
était posé le poison, comme si je voyais au
milieu des ténèbres; je pris le verre, j'écoutai
si je n'entendais aucun bruit, je regardai si
je ne voyais aucune lumière; je relus en souvenir cette lettre qui me disait que depuis vingt
ans personne n'était descendu dans ce souterrain, et qu'avant vingt ans peut-être personne
n'y descendrait encore; je me convainquis

bien dans mon ame de l'impossibilité où j'étais
d'échapper aux souffrances qui me restaient à
endurer, je pris le verre de poison, je le portai à mes lèvres et je le bus, en mêlant ensemble, dans un dernier murmure de regret
et d'espérance, le nom de ma mère, que j'allais quitter, et de celui de Dieu que j'allais voir.

Puis je retombai dans l'angle de mon caveau; ma vision céleste s'était éteinte, le voile
de la mort s'étendait entre elle et moi. Les
douleurs de la faim et de la soif avaient reparu, à ces douleurs allaient se joindre celles
du poison. J'attendais avec anxiété cette sueur
de glace qui devait m'annoncer ma dernière
agonie... Tout-à-coup j'entendis mon nom ;
je rouvris les yeux et je vis de la lumière :
vous étiez là, debout à la grille de ma tombe!...
vous, c'est-à-dire le jour, la vie, la liberté...
Je jetai un cri et je m'élançai vers vous...
Vous savez le reste.

Et maintenant, continua Pauline, je vous
rappelle sur votre honneur le serment que

vous m'avez fait de ne rien révéler de ce terrible drame tant que vivra encore un des trois
principaux acteurs qui y ont joué un rôle.

Je le lui renouvelai.

# CHAPITRE XIV.

# XIV

La confidence que m'avait faite Pauline me
rendait sa position plus sacrée encore. Je sentis dès lors toute l'étendue que devait acqué-
rir ce dévouement dont mon amour pour
elle me faisait un bonheur ; mais en même
temps je compris quelle indélicatesse il y aurait de ma part à lui parler de cet amour autrement que par des soins plus empressés et

des attentions plus respectueuses. Le plan
convenu entre nous fut adopté : elle passa
pour ma sœur et m'appela son frère : cependant j'obtins d'elle, en lui faisant comprendre
la possibilité d'être reconnue par quelque personne qui l'aurait rencontrée dans les salons
de Paris, qu'elle renonçât à l'idée de donner
des leçons de langue et de musique. Quant à
moi, j'écrivis à ma mère et à ma sœur que je
comptais rester pendant un an ou deux en
Angleterre. Pauline éleva encore quelques difficultés lorsque je lui fis part de cette décision ;
mais elle vit qu'il y avait pour moi un tel bonheur à l'accomplir qu'elle n'eut plus le courage de m'en parler, et que cette résolution
prit entre nous force de chose convenue.

Pauline avait hésité long-temps pour décider si elle révélerait ou ne révélerait pas son
secret à sa mère, et si, morte pour tout le
monde, elle serait vivante pour celle à qui
elle devait la vie : moi-même je l'avais pressée
de prendre ce parti, faiblement il est vrai : car
il m'enlevait à moi cette position de protecteur qui me rendait si heureux à défaut d'un

autre titre; mais Pauline, après y avoir réfléchi, avait repoussé, à mon grand étonnement, cette consolation, et, quelques instances que je lui eusse faites pour connaître le
motif de son refus, elle avait refusé de me le
révéler, prétendant qu'il m'affligerait.

Cependant nos journées passaient ainsi, pour
elle dans une mélancolie qui semblait parfois
n'être point sans charmes, pour moi dans l'espérance, sinon dans le bonheur; car je la
voyais de jour en jour se rapprocher de moi
par tous les petits contacts du cœur, et, sans
s'en apercevoir elle-même, elle me donnait
des preuves lentes mais visibles du changement qui s'opérait en elle : si nous travaillions
l'un et l'autre, elle à quelque ouvrage de bro-
derie, moi à un dessin ou à une aqua-
relle, il m'arrivait souvent, en levant les yeux
vers elle, de trouver les siens fixés sur moi :
si nous sortions ensemble, l'appui qu'elle me
demandait d'abord était celui d'une étrangère
à un étranger; puis, au bout de quelque
temps, soit faiblesse, soit abandon, je la sentais peser mollement à mon bras; si je sortais

seul, presque toujours, en tournant le coin
de la rue Saint-James, je l'apercevais de loin à
la fenêtre regardant du côté où elle savait que
je devais venir : tous ces signes, qui pouvaient
simplement être ceux d'une familiarité plus
grande et d'une reconnaissance plus conti-
nuelle, m'apparaissaient à moi comme des
révélations d'une félicité à venir ; je lui savais
gré de chacun d'eux, et je l'en remerciais in-
térieurement, car je craignais, si je le faisais
tout haut, de lui faire apercevoir à elle-même
que son cœur prenait peu à peu l'habitude
d'une amitié plus que fraternelle.

J'avais fait usage de mes lettres de recommandation, et, tout isolés que nous vivions,
nous recevions parfois quelque visite : car nous
devions fuir à la fois et le tumulte du monde
et l'affectation de la solitude. Parmi nos connaissances les plus habituelles était un jeune
médecin qui avait acquis, depuis trois ou
quatre ans, à Londres, une grande réputation
pour ses études profondes de certaines mala-
dies organiques : chaque fois qu'il venait nous

voir, il regardait Pauline avec une attention
sérieuse, qui, après son départ, me laissait toujours quelques inquiétudes : en effet, ces belles
et fraîches couleurs de la jeunesse dont j'a-
vais vu son teint autrefois si riche, et dont
j'avais d'abord attribué l'absence à la douleur
et à la fatigue, n'avaient point reparu depuis
la nuit où je l'avais trouvée mourante dans
ce caveau ; ou, si quelque teinte revenait co-
lorer momentanément ses joues, c'était pour
leur donner, tant qu'elle y demeurait, un
aspect fébrile plus inquiétant que la pâleur
elle-même. Il arrivait aussi parfois que tout-
à-coup, sans cause comme sans régularité,
elle éprouvait des spasmes qui la conduisaient
à des évanouissemens, et que pendant les
jours qui suivaient ces accidens une mélancolie plus profonde s'emparait d'elle. Enfin ils
se renouvelèrent avec une telle fréquence et
une gravité si visiblement croissante qu'un
jour que le docteur Sercey était venu nous
faire une de ses visites habituelles, je l'arrachai aux préoccupations qu'éveillait toujours
en lui la vue de Pauline, et, lui prenant le
bras, je descendis avec lui dans le jardin.

Nous fîmes plusieurs fois sans parler le tour de la petite pelouse ; puis enfin nous vînmes nous asseoir sur le banc où Pauline m'avait raconté cette terrible histoire. Là nous restâmes un moment pensifs ; enfin j'allais rompre le silence, lorsque le docteur me prévint :

— Vous êtes inquiet sur la santé de votre sœur, me dit-il.

— Je l'avoue, répondis-je, et vous-même m'avez laissé apercevoir des craintes qui augmentent les miennes.

— Et vous avez raison, continua le docteur, elle est menacée d'une maladie chronique de l'estomac. A-t-elle éprouvé quelque accident qui ait pu altérer cet organe ?

— Elle a été empoisonnée.

Le docteur réfléchit un instant.

— Oui, c'est bien cela, me dit-il, je ne m'étais point trompé : je vous prescrirai un régime qu'elle suivra avec une grande exactitude. Quant au côté moral du traitement, il dépend de vous ; procurez à votre sœur le plus

de distraction possible. Peut-être est-elle prise
de la maladie du pays, et un voyage en France
lui ferait-il du bien.

— Elle ne veut pas y retourner. .

— Eh bien ! une course en Écosse, en Ir-
lande, en Italie, partout où elle voudra ; mais
je crois la chose nécessaire.

Je serrai la main du docteur, et nous rentrâmes. Quant à l'ordonnance, il devait me
l'envoyer à moi-même. Je comptais, pour ne
pas inquiéter Pauline, substituer sans rien dire
le régime qui lui serait prescrit à notre manière de vivre ordinaire ; mais cette précaution
fut inutile, à peine le docteur nous-eut il
quittés que Pauline me prit la main.

— Il vous a tout avoué, n'est-ce pas ? me
dit-elle. Je fis semblant de ne pas comprendre,
elle sourit tristement. — Eh bien, continua-
t-elle, voilà pourquoi je n'ai pas voulu écrire
à ma mère : à quoi bon lui rendre son enfant
pour qu'un an ou deux après la mort vienne
la lui reprendre ? c'est bien assez de pleurer
une fois ceux qu'on aime.

— Mais, lui dis-je, vous vous abusez étran-

gement sur votre état : c'est une indisposition
et voilà tout.

— Oh ! c'est plus sérieux que cela, répondit
Pauline avec son même sourire doux et triste,
et je sens que le poison a laissé des traces de
son passage et que je suis atteinte gravement ;
mais écoutez-moi, je ne me refuse pas à espérer. Je ne demande pas mieux que de vivre :
sauvez-moi une seconde fois, Alfred. Que voulez-vous que je fasse ?

— Que vous suiviez les prescriptions du
docteur : elles sont faciles, un régime simple
mais continu, de la distraction, des voyages.

— Où voulez-vous que nous allions ? je suis
prête à partir.

— Choisissez vous-même le pays qui vous
est le plus sympathique.

— L'Écosse, si vous voulez, puisque la moitié de la route est faite.

— L'Écosse, soit.

Je fis aussitôt mes préparatifs de départ, et
trois jours après nous quittâmes Londres. Nous
nous arrêtâmes un instant sur les bords de la
Twed pour la saluer de cette belle imprécation

que Schiller met dans la bouche de Marie
Stuart :

« La nature jeta les Anglais et les Écossais
sur une planche étendue au milieu de l'Océan :
elle la sépara en deux parties inégales et voua
ses habitans au combat éternel de sa possession.
Le lit étroit de la Tweed sépare seul les esprits
irrités, et bien souvent le sang des deux peu-
ples se mêla à ses eaux : la main sur la garde
de leur épée, depuis mille ans ils se regardent
et se menacent debout sur chaque rive : jamais ennemi n'opprima l'Angleterre que l'É-
cossais n'ait marché avec lui ; jamais guerre
civile n'embrasa les villes de l'Écosse sans qu'un
Anglais n'ait approché une torche de ses murailles, et cela durera ainsi, et la haine sera
implacable et éternelle jusqu'au jour où un
même parlement unira les deux ennemis
comme deux sœurs, et où un seul sceptre
s'étendra sur l'île tout entière. »

Nous entrâmes en Écosse.

Nous visitâmes, Walter Scott à la main,

toute cette terre poétique que, pareil à un ma-
gicien qui évoque des fantômes, il a repeuplée
de ses antiques habitans, auxquels il a mêlé les
originales et gracieuses créations de sa fantaisie : nous retrouvâmes les sentiers escarpés
que suivait, sur son bon cheval Gustave, le
prudent Dalgetty. Nous côtoyâmes le lac sur
lequel glissait, la nuit, comme une vapeur,
la Dame blanche d'Avenel. Nous allâmes nous
asseoir sur les ruines du château de Lochleven
à l'heure même où la reine d'Écosse s'en était
échappée, et nous cherchâmes sur les bords
de la Tay le champ-clos ou Torquil du Chêne
vit tomber ses sept fils sous l'épée de l'armu-
rier Smith, sans proférer d'autre plainte que
ces mots, qu'il répéta sept fois : *Encore un
pour Eachar!...*

Cette excursion sera éternellement pour
moi un rêve de bonheur dont jamais n'appro-
cheront les réalités de l'avenir : Pauline avait
une de ces organisations impressionnables
comme il en faut aux artistes, et sans laquelle
un voyage n'est qu'un simple changement de
localités, une accélération dans le mouvement

habituel de la vie, un moyen de distraire son
esprit par la vue même des objets qui de-
vraient l'occuper : pas un souvenir historique
ne lui échappait ; pas une poésie de la nature,
soit qu'elle se manifestât à nous dans la vapeur
du matin ou le crépuscule du soir, n'était perdue pour elle. Quant à moi, j'étais sous l'empire d'un charme ; jamais un seul mot des événemens accomplis n'avait été prononcé entre
nous depuis l'heure où elle me les avait racon-
tés ; pour moi le passé disparaissait parfois
comme s'il n'avait jamais existé. Le présent seul
qui nous réunissait était tout à mes yeux : jeté
sur une terre étrangère, où je n'avais que Pauline, où Pauline n'avait que moi, les liens qui
nous unissaient se resserraient chaque jour
davantage par l'isolement ; chaque jour je sentais que je faisais un pas dans son cœur, chaque jour un serrement de main, chaque jour
un sourire, son bras appuyé sur mon bras, sa
tête posée sur mon épaule, était un nouveau
droit qu'elle me donnait sans s'en douter pour
le lendemain, et plus elle s'abandonnait ainsi,
plus, tout en aspirant chaque émanation naïve
de son ame, plus je me gardais de lui parler

d'amour, de peur qu'elle ne s'aperçût que depuis long-temps nous avions dépassé les limites de l'amitié.

Quant à la santé de Pauline, les prévisions
du docteur s'étaient réalisées en partie ; cette
activité que le changement des lieux et les souvenirs qu'ils rappelaient entretenaient dans
son esprit détournait sa pensée des souvenirs
tristes qui l'oppressaient aussitôt qu'aucun
objet important ne venait l'en distraire. Elle-
même commençait presque à oublier, et à mesure que les abîmes du passé se perdaient dans
l'ombre, les sommets de l'avenir se coloraient
d'un jour nouveau. Sa vie, qu'elle avait crue
bornée aux limites d'un tombeau, commençait à reculer ses horizons moins sombres, et un
air de plus en plus respirable venait se mêler
à l'atmosphère étouffante au milieu de laquelle
elle s'était sentie précipitée.

Nous passâmes l'été tout entier en Écosse ;
puis nous revînmes à Londres : nous y retrouvâmes notre petite maison de Piccadilly, et
ce charme que l'esprit le plus enclin aux voyages

éprouve dans les premiers momens d'un retour. Je ne sais ce qui se passait dans le cœur
de Pauline; mais je sais que, quant à moi,
je n'avais jamais été si heureux.

Quant au sentiment qui nous unissait, il
était pur comme la fraternité : je n'avais pas,
depuis un an, redit à Pauline que je l'aimais,
depuis un an Pauline ne m'avait point fait le
moindre aveu, et cependant nous lisions dans
le cœur l'un de l'autre comme dans un livre
ouvert, et nous n'avions plus rien à nous apprendre. Désirais-je plus que je n'avais obtenu?... je ne sais; il y avait tant de charme dans
ma position que j'aurais peut-être craint qu'un
bonheur plus grand ne la précipitât vers quelque dénouement fatal et inconnu. Si je n'étais
pas amant, j'étais plus qu'un ami, plus qu'un
frère; j'étais l'arbre auquel, pauvre lierre,
elle s'abritait, j'étais le fleuve qui empor-
tait sa barque à mon courant, j'étais le soleil
d'où lui venait la lumière; tout ce qui existait
d'elle existait par moi, et probablement le jour
n'était pas loin où ce qui existait par moi
existerait aussi pour moi.

Nous en étions là de notre vie nouvelle, lorsqu'un jour je reçus une lettre de ma mère.
Elle m'annonçait qu'il se présentait pour ma
sœur un parti, non seulement convenable, mais
avantageux : le comte Horace de Beuzeval, qui
joignait à sa propre fortune vingt-cinq mille
livres de rente qu'il avait héritées de sa première femme, mademoiselle Pauline de Meulien, demandait Gabrielle en mariage !...

Heureusement j'étais seul lorsque j'ouvris
cette lettre, car ma stupéfaction m'eût trahi :
cette nouvelle que je recevais n'était-elle pas
bien étrange en effet, et quelque nouveau mystère de la Providence ne se cachait-il pas dans
cette bizarre prédestination qui conduisait le
comte Horace en face du seul homme dont il
fût connu ? Quelque empire que je fusse par-
venu à prendre sur moi-même, Pauline ne
s'en aperçut pas moins, en rentrant, qu'il m'é-
tait arrivé, pendant son absence, quelque chose
d'extraordinaire; au reste, je n'eus pas de peine
à lui donner le change, et dès que je lui eus
dit que des affaires de famille me forçaient de
faire un voyage en France, elle attribua tout

naturellement au chagrin de nous séparer l'abattement dans lequel elle me retrouvait. Elle-même pâlit et fut forcée de s'asseoir : c'était la première fois que nous nous éloignions l'un de l'autre depuis près d'un an que je l'avais sauvée; puis il y a, entre cœurs qui s'aiment, au moment d'une séparation, quoique en apparence courte et sans danger, de ces pressentimens intimes qui nous la font inquiétante et douloureuse, quelque chose que la raison dise pour nous rassurer.

Je n'avais pas une minute à perdre; j'avais donc décidé que je partirais le lendemain. Je montai chez moi pour faire quelques préparatifs indispensables. Pauline descendit au jardin, où j'allai la rejoindre aussitôt que ces apprêts furent terminés.

Je la vis assise sur le banc où elle m'avait raconté sa vie. Depuis ce temps, je l'ai dit, comme si elle eût été réellement endormie dans les bras de la mort, ainsi qu'on le croyait, aucun écho de la France n'était venu la réveiller, mais peut-être approchait-elle du terme de cette tranquillité, et l'avenir pour elle allait-il douloureusement se rattacher à ce passé que tous mes efforts avaient eu pour but de lui faire oublier. Je la trouvai triste et rêveuse; je vins m'asseoir à son côté; ses premiers mots m'apprirent la cause de sa préoccupation.

— Ainsi vous partez? me dit-elle.

— Il le faut! Pauline, répondis-je d'une voix que je cherchais à rendre calme, vous savez mieux que personne qu'il y a des événemens qui disposent de nous, et qui nous enlèvent aux lieux que nous voudrions ne pas quitter d'une heure, comme le vent fait d'une feuille. Le bonheur de ma mère, de ma sœur, le mien même, dont je ne vous parlerais pas s'il était le seul compromis, dépendent de ma promptitude à faire ce voyage.

— Allez donc, reprit Pauline tristement; allez, puisqu'il le faut; mais n'oubliez pas que vous avez en Angleterre aussi une sœur qui n'a pas de mère, dont le seul bonheur dépend désormais de vous, et qui voudrait pouvoir quelque chose pour le vôtre!...

— Oh! Pauline, m'écriai-je en la pressan

dans mes bras; dites-moi, doutez-vous un instant de mon amour? croyez-vous que je ne m'éloigne pas le cœur brisé? croyez-vous que le moment le plus heureux de ma vie ne sera pas celui où je rentrerai dans cette petite maison qui nous dérobe au monde tout entier?... Vivre avec vous de cette vie de frère et de sœur, avec l'espoir seulement de jours plus heureux encore, croyez-vous que ce n'était pas pour moi un bonheur plus grand que je n'avais jamais osé l'espérer?... oh! dites-moi, le croyez-vous?...

— Oui, je le crois, me répondit Pauline; car il y aurait de l'ingratitude à en douter. Votre amour a été pour moi si délicat et si élevé, que je puis en parler sans rougir, comme je parlerais d'une de vos vertus... Quant à ce bonheur plus grand que vous espérez, Alfred, je ne le comprends pas!... Notre bonheur, j'en suis certaine, tient à la pureté même de nos relations; et plus ma position est étrange et sans pareille peut-être, plus je suis déliée de mes devoirs envers la société, plus, pour moi-même, je dois être sévère à les accomplir...

— Oh! oui... oui, lui dis-je, je vous comprends, et Dieu me punisse si j'essayais jamais de détacher une fleur de votre couronne de martyre pour y mettre en place un remords ! mais enfin, il peut arriver tels événemens qui vous fassent libre... La vie même adoptée par le comte, pardon si je reviens sur ce sujet, l'expose plus que tout autre...

— Oh! oui... oui, je le sais... Aussi, croyez-le bien, je n'ouvre jamais un journal sans frémir... L'idée que je puis voir le nom que j'ai porté figurer dans quelque procès sanglant, l'homme que j'ai appelé mon mari menacé d'une mort infàme... Eh bien !... que parlez-vous de bonheur dans ce cas-là, en supposant que je lui survécusse ?...

— Oh ! d'abord... et avant tout, Pauline, vous n'en seriez pas moins la plus pure comme la plus adorée des femmes... N'a-t-il pas pris soin de vous mettre à l'abri de lui-même, si bien qu'aucune tache de sa boue ni de son sang ne peut vous atteindre ?... Mais je ne voulais point parler de cela, Pauline! Dans une attaque nocturne, dans un duel même, le comte peut trouver la mort... Oh! c'est affreux, je le sais, de n'avoir d'autre espérance de bonheur que celle qui doit couler de la blessure ou sortir de la bouche d'un homme avec son sang et son dernier soupir!... Mais enfin, pour vous-même... une telle fin ne se-rait-elle pas un bienfait du hasard... un ou-bli de la Providence?...

— Eh bien? dit en m'interrogeant Pauline.

— Eh bien! alors, Pauline, l'homme qui, sans conditions, s'est fait votre ami, votre pro-tecteur, votre frère, n'avait-il pas droit à un autre titre?...

— Mais cet homme a-t-il bien réfléchi à l'en-gagement qu'il prendrait en le sollicitant?

— Sans doute, et il y voit bien des pro-messes de bonheur sans y découvrir une cause d'effroi...

— A-t-il pensé que je suis exilée de France, que la mort du comte ne viendra pas rompre mon ban, et que les devoirs que je me suis imposés envers sa vie, je me les imposerai en-vers sa mémoire?...

— Pauline, lui dis-je, j'ai songé à tout... L'année que nous venons de passer ensemble a été l'année la plus heureuse de ma vie. Je vous l'ai dit, je n'ai aucun lien réel qui m'attache sur un point du monde plutôt que sur un autre... Le pays où vous serez sera ma patrie !

— Eh bien ! me dit Pauline avec un si doux accent que, mieux qu'une promesse, il renfermait toutes les espérances, — revenez avec ces sentimens, laissons faire à l'avenir, et confions-nous en Dieu.

Je tombai à ses pieds et je baisai ses genoux.

La même nuit je quittai Londres, vers midi j'arrivai au Havre ; je pris aussitôt une voiture de poste et je partis ; à une heure du matin j'étais chez ma mère.

Elle était en soirée avec Gabrielle. Je m'informai dans quelle maison ; c'était chez lord G., ambassadeur d'Angleterre. Je demandai si ces dames y étaient seules, on me répondit que le comte Horace était venu les prendre ; je fis une toilette rapide, je me jetai dans un cabriolet de place, et je me fis conduire à l'ambassade.

Lorsque j'arrivai, beaucoup de personnes s'étaient déjà retirées; les salons commençaient à s'éclaircir; mais cependant il y restait encore assez de monde pour que j'y pénétrasse sans être remarqué. Bientôt j'aperçus ma mère assise et ma sœur dansant, l'une avec toute sa sérénité d'ame habituelle, l'autre avec une joie d'enfant. Je restai à la porte, je n'étais pas venu pour faire une reconnaissance au milieu d'un bal; d'ailleurs je cherchais encore une troisième personne, je présumais qu'elle ne devait pas être éloignée. En effet, mon investigation ne fut pas longue : le comte Horace était appuyé au lambris de la porte en face de laquelle je me trouvais moi-même.

Je le reconnus au premier abord; c'était bien l'homme que m'avait dépeint Pauline, c'était bien l'inconnu que j'avais entrevu aux rayons de la lune dans l'abbaye de Grand-Pré; je retrouvai tout ce que je cherchais en lui, sa figure pâle et calme, ses cheveux blonds, qui lui donnaient cet air de première jeunesse, ses yeux noirs qui imprimaient à sa physionomie un caractère si étrange, enfin ce pli du front que, depuis un an, à défaut de remords, les soucis avaient dû faire plus large et plus profond.

La contredanse finie, Gabrielle alla se rasseoir près de sa mère. Aussitôt je priai un domestique de dire à madame de Nerval et à sa fille que quelqu'un les attendait dans la salle des pelisses et des manteaux. Ma mère et ma sœur jetèrent un cri de surprise et de joie en m'apercevant. Nous étions seuls, je pus les embrasser. Ma mère n'osait en croire ses yeux qui me voyaient et ses mains qui me serraient contre son cœur. J'avais fait une telle diligence qu'à peine pensait-elle que sa lettre m'était arrivée. En effet, la veille, à pareille heure, j'étais encore à Londres.

Ni ma mère ni ma sœur ne pensaient à rentrer dans les salons de danse; elles demandèrent leurs manteaux, s'enveloppèrent dans leurs pelisses et donnèrent l'ordre au domestique de faire avancer la voiture. Gabrielle dit alors quelques mots à l'oreille de ma mère :

— C'est juste, s'écria celle-ci ; — et le comte Horace...

— Demain je lui ferai une visite et vous excuserai près de lui, répondis-je.

— Le voilà, dit Gabrielle.

En effet, le comte avait remarqué que ces dames quittaient le salon ; au bout de quelques minutes, ne les voyant pas reparaître, il s'était mis à leur recherche, et il venait de les retrouver prêtes à partir.

J'avoue qu'il me passa un frissonnement par tout le corps en voyant cet homme s'avancer vers nous. Ma mère sentit mon bras se crisper sous le sien, elle vit mes regards se croiser avec ceux du comte, et, avec cet instinct maternel qui devine tous les dangers, avant que ni l'un ni l'autre de nous deux eût ouvert la bouche :

— Pardon, dit-elle au comte, c'est mon fils, que nous n'avions pas vu depuis près d'un an, et qui arrive de Londres. — Le comte s'inclina.

— Serais-je le seul, dit-il d'une voix douce, à m'affliger de ce retour, madame, et me privera-t-il du bonheur de vous reconduire?

— C'est probable, monsieur, répondis-je, me contenant à peine; car, là où je suis, ma mère et ma sœur n'ont pas besoin d'autre cavalier.

— Mais c'est le comte Horace! me dit ma mère en se retournant vivement vers moi.

— Je connais monsieur, répondis-je avec un accent dans lequel j'avais essayé de mettre toutes les insultes.

Je sentis ma mère et ma sœur trembler à leur tour : le comte Horace devint affreusement pâle; cependant aucun autre signe que cette pâleur ne trahit son émotion. Il vit les craintes de ma mère, et, avec un goût et une convenance qui me donnaient la mesure de ce que j'aurais peut-être dû faire moi-même, il s'inclina et sortit. Ma mère le suivit des yeux avec anxiété; puis, lorsqu'il eut disparu :

— Partons! partons! dit-elle en m'entraînant vers le perron.

Nous descendîmes l'escalier, nous montâmes en voiture, et nous rentrâmes à la maison
sans avoir échangé une parole.

# CHAPITRE XV

# XV

Cependant, on peut le comprendre facilement, nos cœurs étaient pleins de pensées dif-
férentes; aussi ma mère, à peine rentrée, fit-
elle signe à Gabrielle de se retirer dans sa
chambre. La pauvre enfant vint me présenter
son front, comme elle avait l'habitude de le
faire autrefois : mais à peine eut-elle senti mes
lèvres la toucher et mes bras la serrer sur ma

poitrine qu'elle fondit en larmes. Alors ma
vue, en s'abaissant sur elle, pénétra jusqu'à
son cœur, et j'en eus pitié.

— Chère petite sœur, lui dis-je, il ne faut
pas m'en vouloir des choses qui sont plus fortes que moi. C'est Dieu qui fait les événemens,
et les événemens commandent aux hommes.
Depuis que mon père est mort, je réponds de
toi à toi-même ; c'est à moi de veiller sur ta
vie et de la faire heureuse.

— Oh ! oui, oui, tu es le maître, me dit
Gabrielle ; ce que tu ordonneras, je le ferai,
sois tranquille. Mais je ne puis m'empêcher
de craindre sans savoir ce que je crains, et de
pleurer sans savoir pourquoi je pleure.

— Rassure-toi, lui dis-je ; le plus grand de
tes dangers est passé maintenant, grâce au
ciel, qui veillait sur toi. Remonte dans ta
chambre, prie comme une jeune ame doit
prier : la prière dissipe les craintes et sèche
les pleurs. Va !

Gabrielle m'embrassa et sortit. Ma mère la

suivit des yeux avec anxiété ; puis, lorsque la
porte fut refermée :

— Que signifie tout cela ? me dit elle.

— Cela signifie, ma mère, lui répondis-je
d'un ton respectueux mais ferme, que ce mariage dont vous m'avez parlé est impossible,
et que Gabrielle ne peut épouser le comte
Horace.

— C'est que je suis presque engagée, dit ma
mère.

— Je vous dégagerai, je m'en charge.

— Mais enfin, me diras-tu pourquoi, sans
raison aucune... ?

— Me croyez-vous donc assez insensé, interrompis-je, pour briser des choses aussi sa-
crées que la parole si je n'avais pas de motifs
de le faire ?

— Mais tu me les diras, je pense.

— Impossible ! impossible, ma mère ; je
suis lié par un serment.

— Je sais qu'on dit bien des choses contre
Horace ; mais on n'a rien pu prouver encore.
Croirais-tu à toutes ces calomnies ?

— Je crois à mes yeux, ma mère ; j'ai vu !...

— Oh !...

— Écoutez. Vous savez si je vous aime et si j'aime ma sœur ; vous savez si, lorsqu'il s'agit de votre bonheur à toutes deux, je suis capable de prendre légèrement une résolution immuable ; vous savez enfin si, dans une circonstance aussi suprême, je suis homme à vous effrayer par un mensonge : eh bien ! ma mère, je vous le dis, je vous le jure, si ce mariage s'était fait, si je n'étais pas venu à temps, si mon père, en mon absence, n'était pas sorti de la tombe pour se placer entre sa fille et cet homme, si Gabrielle s'appelait à cette heure madame Horace de Beuzeval, il ne me resterait qu'une chose à faire, et je la ferais, croyez-moi : ce serait de vous enlever, vous et votre fille, de fuir la France avec vous pour n'y rentrer jamais, et d'aller demander à quelque terre étrangère l'oubli et l'obscurité, au lieu de l'infamie qui nous attendrait dans votre patrie.

— Mais ne peux-tu pas me dire ?...

— Je ne puis rien dire... j'ai fait serment... Si je pouvais parler, je n'aurais qu'à prononcer une parole, et ma sœur serait sauvée.

— Quelque danger la menace-t-il donc ?

— Non, pas tant que je serai vivant du moins.

— Mon Dieu! mon Dieu ! dit ma mère, tu m'épouvantes !

Je vis que je m'étais laissé emporter malgré moi.

—Écoutez, continuai-je : peut-être tout cela est-il moins grave que je ne le crains. Rien n'était arrêté positivement entre vous et le comte, rien n'était encore connu dans le monde ; quelque bruit vague, quelques suppositions, n'est-ce pas, et rien de plus ?

— C'était ce soir seulement la seconde fois que le comte nous accompagnait.

— Eh bien! ma mère, prenez le premier prétexte venu pour ne pas recevoir ; fermez votre porte à tout le monde, au comte comme aux autres. Je me charge de lui faire comprendre que ses visites seraient inutiles.

— Alfred, dit ma mère effrayée, de la prudence surtout, des ménagemens, des procédés. Le comte n'est pas un homme que l'on congédie ainsi sans lui donner une raison plausible.

—Soyez tranquille, ma mère, j'y mettrai toutes les convenances nécessaires. Quant à une raison plausible, je lui en donnerai une.

— Agis comme tu voudras : tu es le chef de la famille, Alfred, et je ne ferai rien contre ta volonté; mais, au nom du ciel, mesure chacune des paroles que tu diras au comte, et, si tu refuses, adoucis le refus autant que tu pourras,—Ma mère me vit prendre une bougie pour me retirer.— Oui, tu as raison, continua-t-elle: je ne pense pas à ta fatigue. Rentre chez toi, il sera temps de penser demain à tout cela. — J'allai à elle et l'embrassai : elle me retint la main. — Tu me promets, n'est-ce pas, de ménager la fierté du comte?

—Je vous le promets, ma mère; et je l'embrassai une seconde fois et me retirai.

Ma mère avait raison, je tombais de fatigue. Je me couchai et dormis tout d'une traite jusqu'au lendemain dix heures du matin.

Je trouvai en me réveillant une lettre du comte : je m'y attendais. Cependant je n'aurais pas cru qu'il eût gardé tant de calme et de mesure ; c'était un modèle de courtoisie et de convenances. La voici :

« Monsieur,

» Quelque désir que j'eusse de vous faire promptement parvenir cette lettre, je n'ai voulu vous l'adresser ni par un domestique ni par un ami. Ce mode d'envoi, qui est cependant généralement adopté en pareille circonstance, eût pu éveiller des inquiétudes parmi les personnes qui vous sont chères et que vous me permettez, je l'espère, de regarder encore, malgré ce qui s'est passé hier chez lord G., comme ne m'étant ni étrangères ni indifférentes.

» Cependant, monsieur, vous comprendrez facilement que les quelques mots échangés entre nous demandent une explication. Serez-vous assez bon pour m'indiquer l'heure et le lieu où vous pourrez me la donner? la nature de l'affaire exige, je crois, qu'elle soit secrète et qu'elle n'ait d'autres témoins que les personnes intéressées; cependant, si vous le désirez, je conduirai deux amis.

» Je crois vous avoir donné la preuve hier

que je vous regardais déjà comme un frère,
croyez qu'il m'en coûterait beaucoup pour renoncer à ce titre, et qu'il me faudrait faire
violence à toutes mes espérances et à tous mes
sentimens pour vous traiter jamais en adversaire et en ennemi.

» Comte HORACE. »

Je répondis aussitôt :

« Monsieur le comte,

» Vous ne vous étiez pas trompé, j'attendais votre lettre, et je vous remercie bien sincèrement des précautions que vous avez prises
pour me la faire parvenir. Cependant, comme
ces précautions seraient inutiles vis-à-vis de
vous et qu'il est important que vous receviez
promptement ma réponse, permettez que je
vous l'envoie par mon domestique.

» Ainsi que vous l'avez pensé, une explication est nécessaire entre nous ; elle aura lieu
si vous le voulez bien aujourd'hui même. Je
sortirai à cheval et me promènerai de midi à
une heure au bois de Boulogne, allée de la
Muette. Je n'ai pas besoin de vous dire, mon-

sieur le comte, que je serai enchanté de vous
y rencontrer. Quant aux témoins, mon avis,
parfaitement d'accord avec le vôtre, est qu'ils
sont inutiles à cette première entrevue.

» Il ne me reste plus, monsieur, pour avoir
répondu en tout point à votre lettre qu'à
vous parler de mes sentimens pour vous. Je
désirerais bien sincèrement que ceux que je
vous ai voués pussent m'être inspirés par mon
cœur; malheureusement, ils me sont dictés
par ma conscience.

» Alfred DE NERVAL. »

Cette lettre écrite et envoyée, je descendis
près de ma mère : elle s'était effectivement in-
formée si personne n'était venu de la part du
comte Horace, et sur la réponse que lui avaient
faite les domestiques, je la trouvai plus tranquille. Quant à Gabrielle, elle avait demandé
et obtenu la permission de rester dans sa chambre. A la fin du déjeuner on m'amena le cheval
que j'avais demandé. Mes instructions avaient
été suivies, la selle était garnie de fontes : j'y
plaçai d'excellens pistolets de duel tout char-
gés; je n'avais pas oublié qu'on m'avait prévenu

que le comte Horace ne sortait jamais sans
armes.

J'étais au rendez-vous à onze heures un
quart, tant mon impatience était grande. Je
parcourus l'allée dans toute sa longueur; en
me retournant, j'aperçus un cavalier à l'autre
extrémité : c'était le comte Horace. A peine
chacun de nous eut-il reconnu l'autre qu'il
mit son cheval au galop; nous nous rencontrâmes au milieu de l'allée. Je remarquai que,
comme moi, il avait des fontes à la selle de son
cheval.

— Vous voyez, me dit le comte Horace en
me saluant avec courtoisie et le sourire sur les
lèvres, que mon désir de vous rencontrer était
égal au vôtre, car tous deux nous avons de-
vancé l'heure.

— J'ai fait cent lieues en un jour et une
nuit pour avoir cet honneur, monsieur le
comte, lui répondis-je en m'inclinant à mon
tour; vous voyez que je ne suis point en
reste.

— Je présume que les motifs qui vous ont
ramené avec tant d'empressement ne sont

point des secrets que je ne puisse entendre;
et, quoique mon désir de vous connaître et de
vous serrer la main m'eût facilement déter-
miné à faire une pareille course en moins de
temps encore, s'il eût été possible, je n'ai pas
la fatuité de croire que ce soit une pareille
raison qui vous a fait quitter l'Angleterre.

— Et vous croyez juste, monsieur le comte.
Des intérêts plus puissans, des intérêts de famille, dans lesquels notre honneur était sur
le point d'être compromis, ont été la cause de
mon départ de Londres et de mon arrivée à
Paris.

— Les termes dont vous vous servez, reprit
le comte en s'inclinant de nouveau, et avec
un sourire dont l'expression devenait de plus
en plus amère, me font espérer que ce retour
n'a point eu pour cause la lettre que vous a
adressée madame de Nerval, et dans laquelle
elle vous faisait part d'un projet d'union entre
mademoiselle Gabrielle et moi.

— Vous vous trompez, monsieur, répondis-je en m'inclinant à mon tour; car je suis
venu uniquement pour m'opposer à ce mariage, qui ne peut se faire.

Le comte pâlit et ses lèvres se serrèrent ; mais presque aussitôt il reprit son calme habituel.

— J'espère, me dit-il, que vous apprécierez le sentiment qui m'ordonne d'écouter avec sang-froid les réponses étranges que vous me faites. Ce sang-froid, monsieur, est une preuve du désir que j'attache à votre alliance ; et ce désir est tel que j'aurai l'indiscrétion de pousser l'investigation jusqu'au bout. Me ferez-vous l'honneur de me dire, monsieur, quelles sont les causes qui peuvent me valoir de votre part cette aveugle antipathie, que vous exprimez si franchement ? Marchons, si vous voulez, l'un à côté de l'autre, et nous continuerons de causer.

Je mis mon cheval au pas du sien, et nous suivîmes l'allée avec l'apparence de deux amis qui se promènent.

— Je vous écoute, monsieur, reprit le comte.

— D'abord, permettez-moi, répondis-je,

monsieur le comte, de rectifier votre jugement sur l'opinion que j'ai de vous : ce n'est
point une antipathie aveugle, c'est un mépris
raisonné.

Le comte se dressa sur ses étriers comme
un homme arrivé au bout de sa patience;
puis il passa la main sur son front, et d'une
voix où il était difficile de distinguer la moindre altération :

—De pareils sentimens sont assez dangereux,
monsieur, pour qu'on ne les adopte et surtout qu'on ne les manifeste qu'après une connaissance parfaite de l'homme qui les a inspirés.

— Et qui vous dit que je ne vous connais
pas parfaitement, monsieur ? répondis-je en
le regardant en face.

— Cependant, si ma mémoire ne m'abuse,
reprit le comte, je vous ai rencontré hier pour
la première fois.

— Et cependant le hasard, ou plutôt la
Providence, nous avait déjà rapprochés; il

est vrai que c'était la nuit, et que vous ne m'avez pas vu.

— Aidez mes souvenirs, dit le comte; je suis fort gauche aux énigmes.

— J'étais dans les ruines de l'abbaye de Grand-Pré pendant la nuit du 27 au 28 septembre.

Le comte tressaillit et porta la main à ses fontes : je fis le même mouvement; il s'en aperçut.

— Eh bien ? reprit-il en se remettant aussitôt.

— Eh bien ! je vous ai vu sortir du souterrain, je vous ai vu enfouir une clef.

— Et quelle détermination avez-vous prise à la suite de toutes ces découvertes?

— Celle de ne pas vous laisser assassiner mademoiselle Gabrielle de Nerval comme vous avez tenté d'assassiner mademoiselle Pauline de Meulien.

— Pauline n'est point morte?... s'écria le comte arrêtant son cheval et oubliant, pour

cette fois seulement, ce sang-froid infernal
qui ne l'avait pas quitté d'une minute.

— Non, monsieur, Pauline n'est point
morte, répondis-je en m'arrêtant à mon tour;
Pauline vit, malgré la lettre que vous lui avez
écrite, malgré le poison que vous lui avez
versé, malgré les trois portes que vous avez
fermées sur elle, et que j'ai rouvertes, moi,
avec cette clef que je vous avais vu enfouir.
Comprenez-vous maintenant?

— Parfaitement, monsieur, reprit le comte
la main cachée dans une de ses fontes; mais
ce que je ne comprends pas, c'est que, possé-
dant ces secrets et ces preuves, vous ne m'ayez
pas tout bonnement dénoncé.

—C'est que j'ai fait un serment sacré, monsieur, et que je suis obligé de vous tuer en
duel comme si vous étiez un honnête homme.
Ainsi laissez là vos pistolets; car en m'assas-
sinant vous pourriez gâter votre affaire.

— Vous avez raison, répondit le comte en
boutonnant ses fontes et en remettant son cheval au pas. Quand nous battons-nous?

— Demain matin, si vous le voulez, repris-
je en lâchant la bride du mien.

— Parfaitement. Où cela ?

— A Versailles, si le lieu vous plaît.

— Très-bien. A neuf heures je vous attendrai à la pièce d'eau des Suisses avec mes témoins.

— MM. Max et Henri, n'est-ce pas?...

— Avez-vous quelque chose contre eux ?

— J'ai que je veux bien me battre avec un
assassin, mais que je ne veux pas qu'il prenne
pour seconds ses deux complices. Cela se pas-
sera autrement, si vous le permettez.

— Faites vos conditions, monsieur, dit le
comte en se mordant les lèvres jusqu'au sang.

— Comme il faut que notre rencontre reste
un secret pour tout le monde, quelque résultat qu'elle puisse avoir, nous choisirons chacun nos témoins parmi les officiers de la garnison de Versailles, pour qui nous resterons
inconnus; ils ignoreront la cause du duel, et
ils y assisteront seulement pour prévenir l'ac-
cusation de meurtre. Cela vous convient-il?

— A merveille, monsieur. Maintenant, vos
armes?

— Maintenant, monsieur, comme nous
pourrions nous faire avec l'épée quelque pau-

vre et mesquine égratignure, qui nous empê-
cherait peut-être de continuer le combat, le
pistolet me paraît préférable. Apportez votre
boîte, j'apporterai la mienne.

— Mais, répondit le comte, nous avons
tous deux nos armes, toutes nos conditions
sont arrêtées : pourquoi remettre à demain
une affaire que nous pourrions terminer aujourd'hui même?

— Parce que j'ai quelques dispositions à
prendre pour lesquelles ce délai m'est nécessaire. Il me semble que je me conduis à votre
égard de manière à obtenir cette concession.
Quant à la crainte qui vous préoccupe, soyez
parfaitement tranquille, monsieur, je vous
répète que j'ai fait un serment.

— Cela suffit, monsieur, répondit le comte
en s'inclinant : à demain, neuf heures.

— A demain, neuf heures.


Nous nous saluâmes une dernière fois, et
nous nous éloignâmes au galop, gagnant chacun une extrémité de la route.

En effet, le délai que j'avais demandé au
comte n'était point plus long qu'il ne me le

fallait pour mettre ordre à mes affaires; aussi, à peine rentré chez moi, je m'enfermai dans ma chambre.

Je ne me dissimulais pas que les chances du combat où j'étais engagé étaient hasardeuses; je connaissais le sang-froid et l'adresse du comte, je pouvais donc être tué; en ce cas-là j'avais à assurer la position de Pauline.

Quoique dans tout ce que je viens de te raconter je n'aie pas une fois prononcé son nom, continua Alfred, je n'ai pas besoin de te dire que son souvenir ne s'était pas éloigné un instant de ma pensée. Les sentimens qui s'étaient réveillés en moi lorsque j'avais revu ma sœur et ma mère s'étaient placés près du sien, mais sans lui porter atteinte; et je sentis combien je l'aimais au sentiment douloureux qui me saisit lorsque, prenant la plume, je pensai que je lui écrivais pour la dernière fois peut-être. La lettre achevée, j'y joignis un contrat de rentes de 10,000 francs, et je mis le tout sous enveloppe à l'adresse du docteur Sercey, Grosvenor-Square, à Londres.

Le reste de la journée et une partie de la
nuit se passèrent en préparatifs de ce genre;
je me couchai à deux heures du matin en recommandant à mon domestique de me réveiller à six.

Il fut exact à la consigne donnée; c'était un
homme sur lequel je savais pouvoir compter,
un de ces vieux serviteurs comme on en
trouve dans les drames allemands, que les
pères lèguent à leurs fils et que j'avais hérité
de mon père. Je le chargeai de la lettre adressée
au docteur, avec ordre de la porter lui-même
à Londres si j'étais tué. Deux cents louis que
je lui laissai étaient destinés, en ce cas, à le
défrayer de son voyage; dans le cas contraire,
il les garderait à titre de gratification. Je lui
montrai, en outre, le tiroir où étaient renfer-
més, pour lui être remis si la chance m'était
fatale, les derniers adieux que j'adressais à ma
mère; il devait, de plus, me tenir une voiture
de poste prête jusqu'à cinq heures du soir, et,
si à cinq heures je n'étais pas revenu, partir
pour Versailles et s'informer de moi. Ces précautions prises, je montai à cheval; à neuf

heures moins un quart j'étais au rendez-vous
avec mes deux témoins; c'étaient, comme la
chose avait été arrêtée, deux officiers de hus-
sards qui m'étaient totalement inconnus et qui
cependant n'avaient point hésité à me rendre
le service que je demandais d'eux. Il leur avait
suffi de savoir que c'était une affaire dans laquelle l'honneur d'une famille recommandable
était compromis pour qu'ils acceptassent sans
faire une seule question. Il n'y a que les Français pour être tout à la fois, et selon les circonstances, les plus bavards ou les plus dis-
crets de tous les hommes.

Nous attendions depuis cinq minutes à
peine lorsque le comte arriva avec ses seconds; nous nous mîmes en quête d'un endroit convenable, et nous ne tardâmes pas à
le trouver, grâce à nos témoins, habitués à découvrir ce genre de localité. Arrivés sur le
terrain, nous fîmes part à ces messieurs de nos
conditions, et nous les priâmes d'examiner les
armes; c'était, de la part du comte, des pistolets de Lepage, et de ma part, à moi, des
pistolets de Devismes, les uns et les autres à

double détente et du même calibre, comme
sont, au reste, presque tous les pistolets de
duel.

Le comte alors ne démentit point sa réputation de bravoure et de courtoisie; il voulut
me céder tous les avantages, mais je refusai.
Il fut donc décidé que le sort réglerait les
places et l'ordre dans lequel nous ferions feu;
quand à la distance, elle fut fixée à vingt pas;
les limites étaient marquées pour chacun de
nous par un second pistolet tout chargé, afin
que nous pussions continuer le combat dans
les mêmes conditions si ni l'une ni l'autre des deux premières balles n'était mortelle.

Le sort favorisa le comte deux fois de suite :
il eut d'abord le choix des places, puis la
priorité : il alla aussitôt se placer en face du
soleil, adoptant de son plein gré la position
la plus désavantageuse : je lui en fis la remar-
que, mais il s'inclina, en répondant que,
puisque le hasard l'avait fait maître d'opter,
il désirait garder le côté qu'il avait choisi :

j'allai prendre la mienne à la distance convenue.

Les témoins chargeaient nos armes, j'eus
donc le temps d'examiner le comte, et, je dois
le dire, il garda constamment l'attitude froide
et calme d'un homme parfaitement brave :
pas un geste, pas un mot ne lui échappa qui
ne fût dans les convenances. Bientôt les témoins se rapprochèrent de nous, nous pré-
sentèrent à chacun un pistolet, placèrent
l'autre à nos pieds et s'éloignèrent. Alors le
comte me renouvela une seconde fois l'invitation de tirer le premier ; une seconde fois
je refusai. Nous nous inclinâmes chacun vers
nos témoins pour les saluer; puis je m'apprê-
tai à essuyer le feu, m'effaçant autant que
possible, et me couvrant le bas de la figure avec
la crosse de mon pistolet, dont le canon retom-
bait sur ma poitrine dans le vide formé entre
l'avant-bras et l'épaule. J'avais à peine pris
cette précaution que les témoins nous saluè-
rent à leur tour, et que le plus vieux donna le
signal en disant : « Allez, messieurs. » Au
même instant je vis briller la flamme, j'en-

tendis le coup du pistolet du comte, et je sentis une double commotion à la poitrine et au
bras : la balle avait rencontré le canon du
pistolet, et, en déviant, m'avait traversé les
chairs de l'épaule. Le comte parut étonné de
ne pas me voir tomber.

— Vous êtes blessé? me dit-il en faisant un
pas en avant.

— Ce n'est rien, répondis-je en prenant
mon pistolet de la main gauche. A mon tour,
monsieur. Le comte jeta le pistolet déchargé,
reprit l'autre et se remit en place.

Je visai lentement et froidement, puis
je fis feu. Je crus d'abord que je ne l'avais
pas touché, car il resta immobile, et je lui
vis lever le second pistolet ; mais, avant que
le canon n'arrivât à ma hauteur, un tremblement convulsif s'empara de lui ; il laissa
échapper l'arme, voulut parler, rendit une
gorgée de sang et tomba raide mort : la balle
lui avait traversé la poitrine.

Les témoins s'approchèrent d'abord du

comte, puis revinrent à moi. Il y avait parmi
eux un chirurgien-major : je le priai de donner ses soins à mon adversaire, que je croyais
plus blessé que moi.

— C'est inutile, me répondit-il en secouant
la tête, il n'a plus besoin des soins de personne.

— Ai-je fait en homme d'honneur, messieurs? leur demandai-je.

Ils s'inclinèrent en signe d'adhésion.

—Alors, docteur, ayez la bonté , dis-je en
défaisant mon habit, de me mettre la moindre
chose sur cette égratignure , afin d'arrêter le
sang, car il faut que je reparte à l'instant
même.

— A propos, me dit le plus vieux des officiers comme le chirurgien achevait de me pan-
ser, où faudra-t-il faire porter le corps de
*votre ami?*

—Rue de Bourbon, n° 16, répondis-je en
souriant malgré moi de la naïveté de ce brave
homme , à l'hôtel de M. de Beuzeval.

A ces mots, je sautai sur mon cheval, qu'un hussard tenait en main avec celui du comte, et, remerciant une dernière fois ces messieurs de leur bonne et loyale assistance, je les saluai de la main et je repris au galop la route de Paris.

Il était temps que j'arrivasse ; ma mère était au désespoir : ne me voyant pas descendre à l'heure du déjeuner, elle était montée dans ma chambre, et dans un des tiroirs de mon secrétaire elle avait trouvé la lettre qui lui était adressée.

Je la lui arrachai des mains et la jetai au feu avec celle qui était destinée à Pauline, puis je l'embrassai comme on embrasse une mère qu'on a manqué de ne plus revoir et que l'on va quitter sans savoir quand on la reverra.

# CHAPITRE XVI.

# XVI

Huit jours après la scène que je viens de te raconter, continua Alfred, nous étions dans notre petite maison de Piccadilly, assis et déjeunant de chaque côté d'une table à thé, lorsque Pauline, qui lisait une gazette anglaise, pâlit tout-à-coup affreusement, laissa tomber le journal, poussa un cri et s'évanouit. Je sonnai violemment, les femmes de chambre accoururent; nous la transportâmes chez elle, et, tandis qu'on la déshabillait, je descendis pour envoyer chercher le docteur et voir sur le journal la cause de son évanouissement. A peine l'eus-je ouvert que mes yeux tombèrent sur ces lignes traduites du *Courrier Français* :

« Nous recevons à l'instant les détails les plus singuliers et les plus mystérieux sur un duel qui vient d'avoir lieu à Versailles, et qui paraissait emprunter ses causes aux motifs inconnus d'une haine violente.

» Avant hier matin, 5 août 1833, deux jeunes gens qui paraissaient appartenir à l'aristocratie parisienne arrivèrent dans notre ville, chacun de son côté, à cheval et sans domestique. L'un se rendit à la caserne de la rue Royale, l'autre au café de la Régence; là, prière fut faite par eux à deux officiers de les accompagner sur le terrain. Chacun des combattans avait apporté ses armes; les conditions de la rencontre furent réglées, et les adversaires, placés à vingt pas de distance, firent feu l'un sur l'autre; l'un des deux est mort

sur le coup, l'autre, dont on ignore le nom,
est reparti à l'instant même pour Paris, malgré une blessure grave, la balle de son ennemi lui ayant traversé les chairs de l'épaule.

» Celui des deux qui a succombé se
nomme le comte Horace de Beuzeval; on
ignore le nom de son adversaire : »

Pauline avait lu cet article, et l'effet qu'il
avait produit sur elle avait été d'autant plus
grand qu'aucune précaution ne l'y avait pré-
parée. Depuis mon retour, je n'avais point
prononcé le nom de son mari devant elle; et
il y a plus, quoique je sentisse la nécessité de
lui faire connaître, un jour ou l'autre, l'accident qui la rendait libre, tout en lui laissant
ignorer la cause de sa liberté, je ne m'étais
encore arrêté à aucun mode de révélation,
bien éloigné que j'étais de penser que les
journaux prendraient les devans sur ma prudence et lui annonceraient brutalement et
violemment ainsi une nouvelle qui demandait, pour être dite à elle surtout dont la santé
était toujours chancelante, plus de ménagemens encore qu'à toute autre femme.

En ce moment le docteur entra; je lui dis qu'une émotion violente venait d'amener chez Pauline une nouvelle crise. Nous remontâmes ensemble chez elle; la malade était toujours évanouie, malgré l'eau qu'on lui avait jetée au visage et les sels qu'on lui avait fait respirer. Le docteur parla de la saigner, et commença les préparatifs de cette opération; alors le courage me manqua, et, tremblant comme une femme, je me sauvai dans le jardin.

Là je restai une demi-heure à peu près, la tête appuyée dans mes mains et le front brisé par les mille pensées qui se heurtaient dans mon esprit. Dans tout ce qui venait de se passer j'avais suivi passivement le double intérêt de ma haine pour le comte et de mon amitié pour ma sœur; je détestais cet homme du jour où il m'avait enlevé tout mon bonheur en épousant Pauline, et le besoin d'une vengeance personnelle, le désir de rendre le mal physique en échange de la douleur morale m'avait emporté comme malgré moi; j'avais voulu tuer ou être tué, voilà tout.

Maintenant que la chose était accomplie, j'en voyais se dérouler toutes les conséquences.

On me frappa sur l'épaule, c'était le docteur.

— Et Pauline! m'écriai-je en joignant les mains.

— Elle a repris connaissance...

Je me levai pour courir à elle, le docteur m'arrêta.

— Écoutez, continua-t-il : l'accident qui vient de lui arriver est grave; elle a besoin avant tout de repos... N'entrez pas dans sa chambre en ce moment.

— Et pourquoi cela? lui dis-je.

— Parce qu'il est important qu'elle n'éprouve aucune émotion violente. Je ne vous ai jamais fait de question sur votre position vis-à-vis d'elle; je ne vous demande pas de confidence; vous l'appelez votre sœur : êtes-vous ou n'êtes-vous pas son frère? cela ne me regarde point comme homme, mais cela m'im-

porte beaucoup comme médecin. Votre présence, votre voix même ont sur Pauline une
influence visible... Je l'ai toujours remarqué,
et tout-à-l'heure encore, comme je tenais sa
main, votre nom seul prononcé accéléra d'une
manière sensible le mouvement de son pouls.
J'ai défendu que personne entrât dans son
appartement aujourd'hui, que moi et ses
femmes de chambre; n'allez pas contre mon
ordonnance.

— Est-ce donc dangereux? m'écriai-je.

— Tout est dangereux pour une organisa-
tion ébranlée comme l'est la sienne : il aurait
fallu que je pusse donner à cette femme un
breuvage qui lui fît oublier le passé; il y a
en elle quelque souvenir, quelque chagrin,
quelque regret qui la dévore.

— Oui, oui, répondis-je, rien ne vous est
caché, et vous avez tout vu avec les yeux de
la science... Non, ce n'est pas ma sœur, non,
ce n'est pas ma femme, non, ce n'est pas ma
maîtresse : c'est un être angélique, que j'aime
au-dessus de tout, à qui cependant je ne puis
rendre le bonheur et qui mourra dans mes
bras avec sa couronne de vierge et de mar-

tyre!... Je ferai ce que vous voudrez, docteur, je n'entrerai que lorsque vous me le
permettrez, je vous obéirai comme un enfant;
mais quand vous reverrai-je?

— Je reviendrai dans la journée...

— Et moi, que vais-je faire, mon Dieu?...

— Allons, du courage!... Soyez homme!...

— Si vous saviez comme je l'aime!...

Le docteur me serra la main, je le recon-
duisis jusqu'à la porte ; puis je restai immobile à l'endroit où il m'avait quitté. Enfin je
sortis de cette apathie; je montai machinalement les escaliers; je m'approchai de sa
porte, et, n'osant pas entrer, j'écoutai. Je crus
d'abord que Pauline dormait ; mais bientôt
quelques sanglots étouffés parvinrent jusqu'à
mon oreille; je mis la main sur la clef. Alors
je me rappelai ma promesse, et, pour ne pas y
manquer, je m'élançai hors de la maison, je
sautai dans la première voiture venue, et je
me fis conduire à Regent's-Park.

J'errai deux heures, à peu près comme un
fou, au milieu des promeneurs, des arbres et

des statues; puis je revins. Je rencontrai sur la porte un domestique qui sortait en courant; il allait chercher le docteur; Pauline avait éprouvé une nouvelle crise nerveuse, à la suite de laquelle le délire s'était emparé d'elle. Cette fois je n'y pus pas tenir, je me précipitai dans sa chambre, je me jetai à genoux, et je pris sa main qui pendait hors du lit; elle ne parut pas s'apercevoir de ma présence; sa respiration était entrecoupée et haletante, elle avait les yeux fermés et quelques mots sans suite et sans raison s'échappaient fiévreusement de sa bouche. Le docteur arriva.

— Vous ne m'avez pas tenu parole, me dit-il.

— Hélas! elle ne m'a pas reconnu! lui répondis-je.

Néanmoins, au son de ma voix, je sentis sa main tressaillir. Je cédai ma place au docteur, il s'approcha du lit, tàta le pouls de la malade et déclara qu'une seconde saignée était nécessaire. Cependant, malgré le sang tiré, l'agitation alla toujours croissant; le soir une fièvre cérébrale s'était déclarée.

Pendant huit jours et huit nuits, Pauline resta en proie à ce délire affreux, ne reconnaissant personne, se croyant toujours menacée et appelant sans cesse à son aide; puis le mal commença à perdre de son intensité, une faiblesse extrème, une prostration complète de forces, succéda à cette exaltation insensée. Enfin, le matin du neuvième jour, en rouvrant les yeux après un sommeil un peu plus tranquille, elle me reconnut et prononça mon nom. Ce qui se passa en moi alors est impossible à décrire; je me jetai à genoux, la tète appuyée contre son lit, et je me mis à pleurer comme un enfant. En ce moment le docteur entra, et, craignant pour elle les émotions, il exigea que je me retirasse; je voulus résister; mais Pauline me serra la main, en me disant d'une voix douce :

— Allez !...

J'obéis. Il y avait huit jours et huit nuits

que je ne m'étais couché, je me mis au lit, et, un peu rassuré sur son état, je m'endormis d'un sommeil dont j'avais presque autant besoin qu'elle.

En effet, la maladie inflammatoire disparut peu à peu, et au bout de trois semaines il ne restait plus à Pauline qu'une grande faiblesse; mais pendant ce temps la maladie chronique dont elle avait déjà été menacée un an auparavant avait fait des progrès. Le docteur nous conseilla le remède qui l'avait déjà guérie, et je résolus de profiter des derniers beaux jours de l'année pour parcourir avec elle la Suisse et de là gagner Naples, où je comptais passer l'hiver. Je fis part de ce projet à Pauline : elle sourit tristement de l'espoir que je fondais sur cette distraction; puis, avec une soumission d'enfant, elle consentit à tout. En conséquence, vers les premiers jours de septembre, nous partîmes pour Ostende : nous traversâmes la Flandre, remontâmes le Rhin jusqu'à Bâle; nous visitâmes les lacs de Bienne et de Neuchâtel, nous nous arrêtâmes quelques jours à Genève; enfin nous parcourûmes l'Oberland, nous franchîmes le Brunig, et nous venions de visiter Altorf lorsque tu nous rencontras, sans pouvoir nous joindre, à Fluelen, sur les bords du lac des Quatre-Cantons.

Tu comprends maintenant pourquoi nous ne pûmes t'attendre : Pauline, en voyant ton intention de profiter de notre barque, m'avait demandé ton nom, et s'était rappelé t'avoir rencontré plusieurs fois, soit chez madame la comtesse M..., soit chez la princesse Bel... A la seule idée de se retrouver en face de toi, son visage prit une telle expression d'effroi que j'en fus effrayé, et que j'ordonnai à mes bateliers de s'éloigner à force de rames, quelque chose que tu dusses penser de mon impolitesse.

Pauline se coucha au fond de la barque, je m'assis près d'elle, et elle appuya sa tête sur mes genoux. Il y avait juste deux ans qu'elle avait quitté la France ainsi souffrante et appuyée sur moi. Depuis ce temps, j'avais tenu fidèlement l'engagement que j'avais pris : j'avais veillé sur elle comme un frère, je l'avais

respectée comme une sœur ; toutes les préoccupations de mon esprit avaient eu pour but
de lui épargner une douleur ou de lui ménager un plaisir ; tous les désirs de mon ame
avaient tourné autour de l'espérance d'être
aimé un jour par elle. Quand on a vécu long-
temps près d'une personne, il y a de ces idées
qui vous viennent à tous deux en même temps.
Je vis ses yeux se mouiller de larmes, elle
poussa un soupir, et me serrant la main
qu'elle tenait entre les siennes :

— Que vous êtes bon ! me dit-elle.

Je tressaillis de la sentir répondre aussi
complétement à ma pensée.

— Trouvez-vous que j'aie fait ce que je devais faire ? lui dis-je.

— Oh ! vous avez été pour moi l'ange gar-
dien de mon enfance, qui s'était envolé un instant, et que Dieu m'a rendu sous le nom
d'un frère !

— Eh bien ! en échange de ce dévouement,
ne ferez-vous rien pour moi ?

— Hélas ! que puis-je maintenant pour votre bonheur? dit Pauline; vous aimer?... Alfred, en face de ce lac, de ces montagnes, de ce ciel, de toute cette nature sublime, en face de Dieu, qui les a faits, oui, Alfred, je vous aime ! Je ne vous apprends rien de nouveau en vous disant cela.

— Oh! oui, oui, je le sais, lui répondis-je; mais ce n'est point assez de m'aimer, il faut que votre vie soit attachée à la mienne par des liens indissolubles; il faut que cette protection, que j'ai obtenue comme une faveur, devienne pour moi un droit.

Elle sourit tristement.

— Pourquoi souriez-vous ainsi? lui dis-je.

— C'est que vous voyez toujours l'avenir de la terre, et moi l'avenir du ciel.

— Encore !... lui dis-je.

— Pas d'illusions, Alfred: ce sont les illusions qui rendent les douleurs amères et inguérissables. Si j'avais conservé quelque illusion, moi, croyez-vous que je n'eusse point fait connaître à ma mère que j'existais encore?

Mais alors il m'aurait fallu quitter une seconde fois ma mère et vous, et c'eût été trop. Aussi ai-je eu d'avance pitié de moi-même et me suis-je privée d'une grande joie pour m'épargner une suprême douleur.

Je fis un mouvement de prière.

— Je vous aime! Alfred, me répéta-t-elle : je vous redirai ce mot tant que ma bouche pourra prononcer deux paroles; ne me demandez rien de plus, et veillez vous-même à ce que je ne meure pas avec un remords...

Que pouvais-je dire, que pouvais-je faire en face d'une telle conviction? prendre Pauline dans mes bras et pleurer avec elle sur la félicité que Dieu aurait pu nous accorder et sur le malheur que la fatalité nous avait fait.

Nous demeurâmes quelques jours à Lucerne, puis nous partîmes pour Zurich ; nous descendîmes le lac et nous arrivâmes à Pfeffers. Là nous comptions nous arrêter une semaine ou deux ; j'espérais que les eaux thermales feraient quelque bien à Pauline. Nous allâmes visiter la source féconde sur laquelle je basais cette espérance. En revenant, nous te rencontrâmes sur ce pont étroit, dans ce souterrain sombre : Pauline te toucha presque, et cette nouvelle rencontre lui donna une telle émotion qu'elle voulut partir à l'instant même. Je n'osai insister, et nous prîmes sur-le-champ la route de Constance.

Il n'y avait plus à en douter pour moi-même, Pauline s'affaiblissait d'une manière visible. Tu n'as jamais éprouvé, tu n'éprouveras jamais, je l'espère, ce supplice atroce de sentir un cœur qu'on aime cesser lentement de vivre sous votre main, de compter chaque jour, le doigt sur l'artère, quelques battemens fiévreux de plus, et de se dire, chaque fois que dans un sentiment réuni d'amour et de douleur on presse sur sa poitrine ce corps adoré, qu'une semaine, quinze jours, un mois encore, peut-être, cette création de Dieu, qui vit, qui pense, qui aime, ne sera plus qu'un froid cadavre sans parole et sans amour !

Quant à Pauline, plus le temps de notre séparation semblait s'approcher, plus on eût dit qu'elle avait amassé pour ces derniers momens les trésors de son esprit et de son ame. Sans doute mon amour poétise ce crépuscule de sa vie; mais, vois-tu, ce dernier mois qui s'écoula entre le moment où nous te rencontrâmes à Pfeffers et celui où, du haut de la terrasse d'une auberge, tu laissas tomber au bord du lac Majeur ce bouquet d'oranger dans notre calèche, ce dernier mois sera toujours présent à ma pensée, comme a dû l'être à l'esprit des prophètes l'apparition des anges qui leur apportaient la parole du Seigneur.

Nous arrivâmes ainsi à Arona. Là, quoique fatigués, Pauline semblait si bien renaître aux premières bouffées de ce vent d'Italie que nous ne nous arrêtâmes qu'une nuit; car tout mon espoir était naintenant de gagner Naples. Cependant le lendemain elle était tellement souffrante qu'elle ne put se lever que fort tard, et qu'au lieu de continuer notre route en voiture je pris un bateau pour atteindre Sesto-Calende. Nous nous embarquâmes vers les cinq heures du soir. A mesure que nous nous approchions, nous voyions aux derniers rayons tièdes et dorés du soleil la petite ville, couchée aux pieds de ses collines, et sur ses collines ses délicieux jardins d'orangers, de myrtes et de lauriers-roses. Pauline les regardait avec un ravissement qui me rendit quelque espoir que ses idées étaient moins tristes.

— Vous pensez qu'il serait bien doux de vivre dans ce délicieux pays? lui demandai-je.

— Non, répondit-elle : je pense qu'il serait moins douloureux d'y mourir. J'ai toujours rêvé les tombes ainsi, continua Pauline, placées au milieu d'un beau jardin embaumé, entouré d'arbustes et de fleurs. On ne s'occupe pas assez, chez nous, de la dernière demeure de ceux qu'on aime : on pare leur lit d'un jour, et on oublie leur couche de l'éternité!... Si je mourais avant vous, Alfred, reprit-elle en souriant, après un moment de silence, et que vous fussiez assez généreux pour continuer à la mort les soins de la vie, je voudrais que vous vous souvinssiez de ce que je viens de vous dire.

— Oh! Pauline! Pauline! m'écriai-je en la prenant dans mes bras et en la serrant convulsivement contre mon cœur, ne me parlez pas ainsi, vous me tuez!

— Eh bien! non, me répondit-elle; mais je voulais vous dire cela, mon ami, une fois pour toutes; car je sais qu'une fois que je vous l'aurai dit vous ne l'oublierez jamais. Non, vous avez raison, ne parlons plus de cela.... D'ailleurs, je me sens mieux; Naples me fera du bien. Il y a long-temps que j'ai envie de voir Naples...

— Oui, continuai-je en l'interrompant, oui, nous y serons bientôt. Nous prendrons pour cet hiver une petite maison à Sorrente ou à Resina; vous y passerez l'hiver, réchauffée au soleil, qui ne s'éteint pas; puis, au printemps, vous reviendrez à la vie avec toute la nature... Qu'avez-vous, mon Dieu?...

— Oh! que je souffre! dit Pauline en se raidissant et en portant sa main à sa poitrine. Vous le voyez, Alfred, la mort est jalouse même de nos rêves, et elle m'envoie la douleur pour nous réveiller!...

Nous demeurâmes en silence jusqu'au moment où nous abordâmes. Pauline voulut marcher; mais elle était si faible que ses genoux
plièrent. Il commençait à faire nuit; je la pris
dans mes bras et je la portai jusqu'à l'hôtel.

Je me fis donner une chambre près de la
sienne. Depuis long-temps il y avait entre nous
quelque chose de saint, de fraternel et de sacré qui faisait qu'elle s'endormait sous mes
yeux comme sous ceux d'une mère. Puis,
voyant qu'elle était plus souffrante que je ne
l'avais vue encore, et désespérant de pouvoir
continuer notre route le lendemain, j'envoyai
un exprès en poste, dans ma voiture, pour
aller chercher à Milan et ramener à Sesto le
docteur Scarpa.

Je remontai près de Pauline : elle était couchée; je m'assis au chevet de son lit. On eût
dit qu'elle avait quelque chose à me demander et qu'elle n'osait le faire. Pour la ving-
tième fois, je surpris son regard fixé sur moi
avec une expression inouïe de doute.

— Que voulez-vous ? lui dis-je; vous dési-

rez m'interroger et vous n'osez pas le faire.
Voilà déjà plusieurs fois que je vous vois me
regarder ainsi : ne suis-je pas votre ami, votre
frère?

—Oh ! vous êtes bien plus que tout cela, me
répondit-elle, et il n'y a pas de nom pour dire
ce que vous êtes. Oui, oui, un doute me tour-
mente, un doute terrible! Je l'éclaircirai plus
tard... dans un moment où vous n'oserez pas
me mentir; mais l'heure n'est pas encore venue. Je vous regarde pour vous voir le plus
possible... je vous regarde, parce que je vous
aime !...

Je pris sa tête et je la posai sur mon épaule.
Nous restâmes ainsi une heure à peu près,
pendant laquelle je sentis son souffle haletant
mouiller ma joue, et son cœur bondir contre
ma poitrine. Enfin elle m'assura qu'elle se
sentait mieux et me pria de me retirer. Je me
levai pour lui obéir, et, comme d'habitude,
j'approchais ma bouche de son front, lorsqu'elle me jeta les bras autour du cou, et appuyant ses lèvres sur les miennes : Je t'aime!
murmura-t-elle dans un baiser, et elle re-

tomba la tête sur son lit. Je voulus la prendre dans mes bras; mais elle me repoussa
doucement, et sans rouvrir les yeux : Laisse-
moi, mon Alfred, me dit-elle; je t'aime!...
je suis bien... je suis heureuse!...

Je sortis de la chambre; je n'aurais pas pu
y rester dans l'état d'exaltation où ce baiser
fiévreux m'avait mis. Je rentrai chez moi; je
laissai la porte de communication entr'ouverte
afin de courir près de Pauline au moindre
bruit; puis, au lieu de me coucher, je me
contentai de mettre bas mon habit, et j'ouvris la fenêtre pour chercher un peu de fraî-
cheur.

Le balcon de ma chambre donnait sur ces
jardins enchantés que nous avions vus du lac
en nous approchant de Sesto. Au milieu des
touffes de citronniers et des massifs de lauriers-roses, quelques statues debout sur leurs
piédestaux se détachaient aux rayons de la
lune, blanches comme des ombres. A force
de fixer les yeux sur une d'elles, ma vue se
troubla, il me sembla la voir s'animer et

qu'elle me faisait signe de la main en me montrant la terre. Bientôt cette illusion fut si
grande que je crus m'entendre appeler; je
portai mes deux mains à mon front, car il me
semblait que je devenais fou. Mon nom, prononcé une seconde fois d'une voix plus plaintive, me fit tressaillir, je rentrai dans ma
chambre et j'écoutai; une troisième fois mon
nom arriva jusqu'à moi, mais plus faible.
La voix venait de l'appartement à côté, c'é-
tait Pauline qui m'appelait, je m'élançai dans
sa chambre.

C'était bien elle.,. elle, expirante, et qui
n'avait pas voulu mourir seule, et qui, voyant
que je ne lui répondais pas, était descendue
de son lit pour me chercher dans son agonie;
elle était à genoux sur le parquet... Je me
précipitai vers elle, voulant la prendre dans
mes bras, mais elle me fit signe qu'elle avait
quelque chose à me demander... Puis, ne
pouvant parler et sentant qu'elle allait mourir, elle saisit la manche de ma chemise,
l'arracha avec ses mains, mit à découvert la
blessure à peine refermée, que trois mois au-

paravant m'avait faite la balle du comte Horace, et, me montrant du doigt la cicatrice,
elle poussa un cri, se renversa en arrière et
ferma les yeux.

Je la portai sur son lit, et je n'eus que le
temps d'approcher mes lèvres des siennes
pour recueillir son dernier souffle et ne pas
perdre son dernier soupir.

La volonté de Pauline fut accomplie; elle
dort dans un de ces jardins qui dominent le
lac, au milieu du parfum des orangers et
sous l'ombrage des myrtes et des lauriers-
roses.

— Je le sais, répondis-je à Alfred, car je
suis arrivé à Sesto quatre jours après que tu
l'avais quitté; et, sans savoir qui elle renfermait, j'ai été prier sur sa tombe.

FIN DU PREMIER VOLUME.

BIBLIOTHEQUE ROYALE

# TABLE.

SOUS PRESSE,

Pour paraître le 10 Juin.

LA

# COMTESSE DE SALISBURY,

PAR

*ALEXANDRE DUMAS.*

2 vol. in-8º, prix : 15 fr.

---

EN VENTE.

## IMPRESSIONS

# DE VOYAGE,

PAR ALEXANDRE DUMAS.

2e éd., t. 3, 4, 5e et dernier. 22 fr. 50 c.

---

# SOUVENIRS D'ANTONY,

DU MÊME.

2e éd., 1 vol. in-8º, 7 fr. 50 c.

---

# ISABELLE DE BAVIÈRE,

DU MÊME.

2e éd., 2 vol. in-8º, 15 fr.

---

www.ingramcontent.com/pod-product-compliance
Lightning Source LLC
Chambersburg PA
CBHW050318030726
47505CB00003B/757